AF599940

LA VERDAD TIENE ALAS

El abuso narcisista. El perverso amor

Valeria Vera

Aliarediciones

Corrección: Inés González Calo
Diseño de cubierta: Jaime Galisteo
Maquetación: Aliar Ediciones

Depósito Legal: GR 660-2024
ISBN: 978-84-10374-02-7

Impreso en España

Edita
ALIAR Ediciones
www.aliarediciones.es
info@aliarediciones.es

LA VERDAD TIENE ALAS

El abuso narcisista. El perverso amor

Valeria Vera

A mi madre, por haber sido testigo de mi decepción, de mi dolor, de mi aprendizaje y de mi recuperación, por ser la persona con la que realmente siento absoluta conexión, por ser amor incondicional y unión verdadera.

Prólogo

Este relato autobiográfico es el relato de la toma de conciencia de la realidad en una relación tóxica, un relato que ojalá pueda servir a otras personas que puedan estar pasando por una situación similar. En sus patrones podemos identificarnos muchos de los que alguna vez hemos podido sufrir algún tipo de manipulación o abuso emocional dentro de una relación de pareja, de lo que para darse cuenta hace falta, por desgracia, tomar cierta perspectiva, compartir la experiencia con nuestro círculo de apoyo y compararnos con otras relaciones saludables.

Los inicios de las relaciones de pareja pueden confundirse con el amor o enamoramiento, pero para valorar si una relación fue de amor o su espejismo, si el sentimiento es tal, es importante tener en cuenta la variable tiempo. El amor se transforma del enamoramiento inicial a las fases posteriores, que serán realmente determinantes para que podamos catalogar el vínculo entre dos personas. El amor verdadero (de pareja, de familia, de amistad...) siempre estará ahí, mientras que el pasajero discurre y se diluye en el espejismo que fue.

Por tanto, esta historia empezó como un espejismo de amor y acabó, por suerte, identificada como una relación tóxica; y ese es el motivo principal por el que no duró más, porque la autora del libro que vas a leer fue lo suficientemente fuerte y astuta para ponerle fin y huir de los cantos de sirena que a todos nos pueden confundir cuando estamos dentro de una relación de este tipo, en la que la manipulación se disfraza de sutileza para atraparnos en su trampa autodestructiva.

Por desgracia, esta historia —romántica en sus inicios— no es única, sino que contiene patrones en los que muchas personas inmersas en una relación supuestamente feliz pueden encontrarse; pero es precisamente por eso por lo que puede resultar útil reconocerse en la experiencia de la autora, y reforzar así el mensaje de que el amor no duele y que la persona que te quiere NUNCA debe faltarte el respeto, minusvalorarte o hacerte sentir menos brillante de lo que eres por ti misma. Al revés, debe darte alas en vez de cortártelas.

A veces necesitamos coger perspectiva para ver las cosas con objetividad, pero, sobre todo, lo que siempre necesitamos es darle sentido a nuestras experiencias vitales, comprender por qué nos ha pasado lo que nos ha pasado y para qué nos puede servir en el futuro. Perdonarnos a nosotras mismas por aquellos errores que hayamos podido cometer, fallándonos al no habernos sabido proteger o valorar lo suficiente, aunque no nos hayamos dado cuenta en el momento.

La protagonista de esta historia ha sanado sus heridas emocionales a través de la escritura —o más bien, ha avanzado en ese proceso de sanación, pues recuperarse de un abuso emocional nunca es rápido ni sencillo—, empleando una combinación de prosa, poesía y prosa poética que hace el relato muy ameno en su lectura.

Ojalá pueda ayudar su difusión a otras personas que se encuentren en ese proceso, a darles fuerza para abandonar tras el primer insulto y el primer chillido, tras la primera vez que tienes miedo de la persona que suponías era tu mayor apoyo. Ojalá sirvieran siempre estas señales para poder darnos nuestro lugar y abandonar a quien nos malquiere y nos maltrata, en vez de hacerle caso a esa voz interna que te convence para quitarle importancia y perdonarlo...

Mujeres y hombres somos esclavos del romanticismo por la sociedad en la que hemos crecido y en la que vivimos, si bien las mujeres hemos estado expuestas en mayor medida a las expectativas de color de rosa de los finales felices de los cuentos. Pero cuando crecemos nos damos cuenta que estos no existen, sino que lo importante es poder seguir pasando las páginas del libro de nuestra vida, disfrutar los cuentos que contiene, entenderlos y seguir escribiendo capítulos.

Yo me alegro de formar parte de algunas de las páginas del libro de mi amiga Marina, la protagonista de esta historia, y por ello quería aprovechar en este prólogo para ensalzar la importancia del amor no romántico, de todas aquellas formas de amar que nos acompañan y alegran la existencia, ya que al idealizar el amor romántico por encima de otros tipos de amor desde la infancia es cuando se corre el riesgo de verse atrapado en relaciones tóxicas de las que, por desgracia, algunas personas nunca pueden salir.

Esta historia es un ejemplo de superación, de autorreflexión, y nos recuerda cuán importante es priorizar nuestra salud mental por encima de cualquier vínculo interpersonal, ya que el abuso narcisista puede darse en el contexto de una relación de pareja o de otro tipo, como por ejemplo laboral.

En sus páginas nos recuerda las fases del ciclo de abuso narcisista mezcladas con sus propias experiencias vitales y de todo ello nace un relato tan didáctico como profundo. Un relato lleno de miedo, de amor y de aprendizaje.

Erica Briones Vozmediano

Agradecimientos

Quiero comenzar dando las gracias a mi psicóloga Angela Rodríguez, que leyó mis primeras letras y me animó a seguir adelante con este proyecto.

A mi persona, Raquel Prats por ser mi apoyo incondicional en mis momentos más oscuros y por recordarme que hay amor verdadero en el mundo. Siempre juntas. Siempre *unhip*.

A Moy por ser el verdadero amor de mi vida, aun cuando yo me había olvidado.

A Lola por darme razones para sentir que mi experiencia tuvo un propósito, por ser valiente y brillar en la oscuridad.

A BMB, la persona que estuvo con él antes que yo y que aun pudiendo haber ignorado mi mensaje cuando le escribí desesperada, le pudo la empatía. No creo que sea consciente de cuánto me ayudó en las pocas conversaciones que tuvimos esos días, pero ojalá pueda hacer yo lo mismo por alguien en el futuro.

A mi amiga Erica Briones, escritora del prólogo de este libro, de cuya boca salió por primera vez la palabra «narcisismo» en aquel bar, mientras yo me derrumbaba.

Gracias también a Carlos Perez Bernabéu por transformar mis ideas y sentimientos en imágenes.

Gracias a Porta y a su maravilloso tema *luz de gas*. Nunca olvidaré el momento en el que escuché esa canción y cómo me abrió los ojos aún más si cabe.

A mis hermanas, que desde sus diferentes posturas me ayudaron en mis primeros momentos.

A mis padres, por haberme dado el amor incondicional y dotarme de alma y de empatía.

A mis amigas incondicionales, Ana María y Natalia, con las que pude desahogarme en nuestras noches filosóficas, que siempre han estado ahí para mí y siempre estarán.

A los psicólogos Iñaki Piñuel y Omar Rueda por explicar con tanta facilidad algo tan complejo y oscuro como es el trastorno de la personalidad narcisista.

Y a todas las personas en cuyas manos caiga este libro y lo utilicen para ayudar a alguien más.

Las heridas invisibles matan también, hagámoslas visibles al mundo.

Introducción

Este libro no es una guía oficial para salir de las garras de una relación narcisista, ni para acabar con ellos, ni para entender, paso a paso las fases de su retorcido ciclo. De esos hay ya algunos escritos por verdaderos profesionales como psicólogos, psiquiatras y terapeutas. De hecho, fueron todo para mí en los primeros momentos y espero que si habéis llegado hasta aquí los hayáis leído o estéis a punto.

Este libro solo es el relato de una chica que cayó en las manos equivocadas sin saberlo, y que amó, sufrió y venció.

Este libro ha sido mi terapia. Mi salvación en mis ratos de angustia. La manera de mantener el tan complicado contacto cero y mi manera de explicarme y ordenar mis ideas cuando era tan difícil que los demás llegaran a comprenderme.

El 2023 fue un año desastroso para mí. A la historia con esta persona (no he querido ponerle ningún nombre porque no siento que realmente se merezca una identidad) se sumó el diagnóstico de un cáncer de mama, por suerte en estado muy incipiente, del cual a día de hoy estoy recuperada.

Todo esto ocurrió mientras estaba sumergida de lleno en esta relación. Fue así como 2023 se cebó conmigo, pero al final todo tiene un porqué y un para qué.

Después de lo vivido y de leer tantísimo sobre este trastorno, nada menos que unos catorce libros solo el primer mes después de decidir dejar la relación, sentí que el último paso para dar carpetazo a esta vivencia fuera este libro. O quizás que el para qué de esta experiencia tan impactante fuera hacer algo que ayudara a alguien quizás a identificar esas banderas rojas de las que yo ni siquiera había escuchado hablar.

La enfermedad me ayudó a relativizar tanto todo, que creo que su porqué y su para qué fueron que, a día de hoy, haya podido recuperarme y no arrastre ningún vínculo traumático con respecto a este ser.

Escribir este libro me ayudó a empezar a curarme y con suerte con él pueda acompañar a alguna persona que ahora mismo esté atrapada en una experiencia así, porque al final es muy difícil entender a alguien en esta situación al menos que lo hayas experimentado.

Recuerdo todas las veces que yo misma he juzgado por qué una persona, amiga, conocida no se marchaba de una historia de maltrato de estas características, cómo podía aguantar semejantes barbaridades, pero claro, yo no tenía ni idea de lo que era tener al lado a un ser así, ni la dependencia que generaban, ni cómo podían transformarte.

Solo cuando alguien ha estado en el pozo sabe la humedad que hay dentro, así que solo espero poder ayudar a alguien a coger impulso y salir de ese lugar tan sombrío como es una relación narcisista.

Empecé a llevar algunos escritos a mi psicóloga y ella misma me animó a publicar todo esto, que en principio solo era parte de mi terapia para entrar en plena consciencia, para mantener el contacto cero y para recuperar el amor propio.

A ti, que tienes esto en tus manos porque seguramente, como yo, la palabra narcisismo haya llegado a tus oídos por casualidad o causalidad, y te hayas dado de bruces con la tremenda realidad que supone que todo sea mentira, créeme, estás de suerte. La información es poder y cuando sepas lo pequeñita que es en realidad la persona que ahora ves gigante comparada contigo, podrás salir de ahí con la cabeza alta y sin mirar atrás.

Tú puedes.

Mi amigo invisible

Un día tuve un amigo invisible. Un ser increíble que me daba luz y vida. Tan parecido a mí que cuando nos mirábamos parecíamos dos gotas de agua.

Conectábamos de una manera excepcional, casi sobrenatural. Cuando yo le hablaba, él me contestaba justo con las palabras que yo quería o necesitaba escuchar. Era como si me leyera la mente justo en el momento exacto.

Ponía las canciones que yo estaba deseando oír y podía sentir cómo nos emocionábamos al unísono teniendo una conexión casi de otro universo.

Viajé con mi amigo invisible por todos los lugares del planeta, ríos, montañas, playas infinitas..., conversamos de mil cosas en las que siempre estábamos de acuerdo.

Sorteamos incluso los peligros de un terremoto que asoló mi vida durante unos meses. Pero él siempre estuvo ahí para darme la mano y librarme del ruido ensordecedor de su pasada.

Mi amigo, mi amor invisible, mi *alter ego*, mi alma gemela...

Estuvimos horas y horas cantando en el coche porque coincidíamos en gustos musicales, y cantábamos, y hacíamos duetos, y nos reíamos a carcajadas. Su risa era tan parecida a la mía... Con mi amigo invisible pasé mil noches de amor entre velas encendidas y reflejos de luna llena. Hicimos el amor elevándonos hasta el mismísimo cielo con una compenetración y una sincronía imposible de explicar...

Compartí secretos y confesiones, sentí que éramos la suerte y la envidia de todos los demás humanos que nunca podrían tener una historia tan mágica e increíble...

Nos amamos como en un cuento de hadas con una intensidad que jamás había vivido.

Un día, de repente, mi amigo invisible se volvió transparente, es decir, no es que no pudiera verlo, sino que podía ver a través de su silueta. Ocurrió sin más y al ver su forma, y todo el mundo a través de él, me pareció increíble. Si mi amor invisible se hacía transparente entonces podría ver todo a través de su percepción y eso nos uniría aún más si cabe.

Y seguimos subiendo montañas, atravesando ríos y playas salvajes, y aunque por momentos me parecía que la luz a través de su cuerpo perdía intensidad y se hacía algo opaca no importaba, porque mi amor transparente no me soltaba la mano, cuidaba de mí tan intensamente que se me hacía cada vez más indispensable su translúcida presencia.

Un día, mirando al mar a través de él, sentí que era un poco más opaco de lo habitual, y aunque podía ver las olas chocar contra la arena, sentí que mi vista se nublaba un poco y que los colores perdían algo de viveza... Pero aun así me parecía que todo valía la pena.

Ya no quería mirar a ningún lado que no fuera por la mirilla de su maravillosa presencia, porque me elevaba a lo más alto que había llegado nunca y me hacía olvidarme de todo.

Poco a poco empecé a ver las cosas solo desde su transparencia y me olvidé de mirarlas desde mis propios ojos, pero no me importaba porque lo único que existía era Él, bueno, él y luego yo.

Mi amor invisible, poco a poco, de manera muy sutil dejó de ser transparente y empezó a ser cada vez más opaco, tanto que no estaba segura de si lo que veía a través de él seguían siendo las mismas imágenes bucólicas que había visto antaño.

Me sentía algo confusa, pero luchaba y luchaba por volver a sentir ese mimetismo sobrenatural que teníamos los dos. Volvería, seguro que volvería...

A veces mi amigo, en su opacidad, guardaba silencio durante largos periodos de tiempo y no sabía qué le ocurría, por qué no seguíamos conversando horas y horas, y por qué cada vez podía ver más su cuerpo y menos su transparencia.

Un día nos sentamos a ver atardecer. Él se sentó delante de mí como solía hacer y yo, tras su espalda, me di cuenta de que no podía ver nada. Mi amor invisible era totalmente opaco y no me dejaba ver ni un atisbo del atardecer. Quise ponerle la mano en el hombro y ayudarle, pues sentía que quizás era mi culpa que hubiera perdido su invisibilidad, pero cuando mi mano llegó a su hombro solo pude ver un resquicio de ella, era etérea, translúcida, como una sombra.

Yo ya no era yo, era volátil, casi imperceptible y él era más él que nunca y lo sentía grande y poderoso, con sus ojos fijos en algún lugar de aquel ocaso que ya no era nuestro, porque no había un nosotros.

Sentí que toda aquella increíble aventura, todos aquellos paisajes, toda esa música, todo ese amor había sido un reflejo de mi propio yo, como si mi amigo invisible solo hubiera intentado ser un espejo para mí. Sentí que era tan pequeña que incluso se lo conté y busqué consuelo en él, porque era la rama principal de un árbol que se había quedado mudo.

Pero mi amigo invisible, transparente y ahora opaco, me parecía un ser con ojos extraños que ya no había podido ocultar más su claridad.

Es duro asumir que existe la maldad en el mundo, y duele, duele mucho, y más salir de un sitio en el que has dejado todo lo que tienes y lo que eres considerándolo el sitio más seguro del mundo. Así es el abuso narcisista. Comienzan siendo un folio en blanco donde, aunque creas que es cosa de dos, solo escribirás tú.

Pensarás que has conocido a la persona más maravillosa del mundo y que vas a escribir la historia de tu vida, que no es más que el reflejo de ti misma y de tus ansiados anhelos. Y acabarán quitándotelo todo, convirtiéndote a ti en su folio en blanco, vacío y sin esencia. Un folio donde poder garabatear sin permiso, rallar, arrugar a su antojo y romper en mil pedazos. La buena noticia es que cuando lo invisible se vuelve visible y sabemos ver lo que tenemos delante, entonces es el momento de romper las cadenas para siempre.

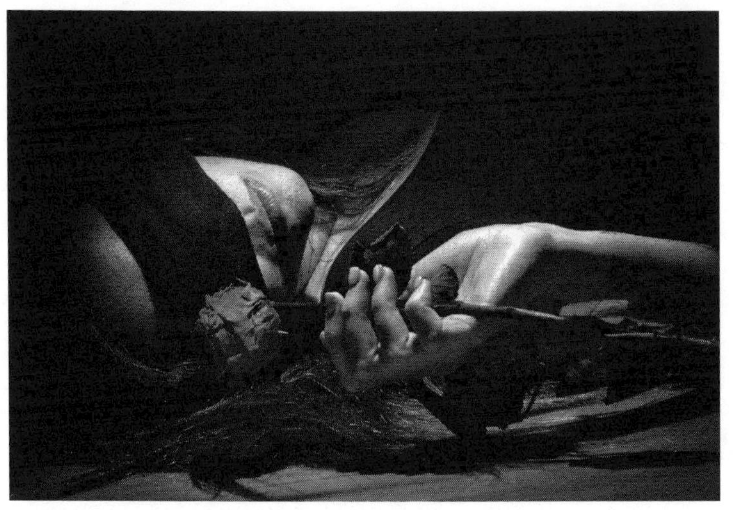

Mi historia

Mi historia comienza en verano de 2022. A principios del mes de junio me llegó un mensaje de WhatsApp de un desconocido preguntándome quién era yo y por qué tenía mi número. Después de una conversación intentando averiguar si teníamos amigos en común, y de enviarnos un par de fotos para ponernos cara, comenzamos a hablar durante unas semanas. No había una intención concreta de quedar ni conocernos en nuestras conversaciones sino simplemente hablábamos, o eso creía yo... Pero justo antes de irme de viaje un mes al extranjero quedamos un día para tomar un café.

Él era bastante más joven que yo, y *a priori* cuando lo vi no me llamó demasiado la atención, pero pasamos una tarde distendida tomando un helado. Yo contándole anécdotas y él confesándome que acababa de salir de una relación muy tormentosa... También me contó que tenía problemas bastante graves de familia, especialmente con su madre, aunque no me pareció apropiado ahondar en el tema. Me sorprendió que me hablara de cosas tan íntimas de primeras, pero supuse que estaba agobiado y necesitaba soltar, y para escuchar soy bastante buena.

Parecía estar pasando por un momento de crisis existencial en aquel momento y ya me aventuró que él era mucho de cuidar a las personas, y que lo estaba pasando mal por hacer daño a esta chica a la que había dejado y que prácticamente lo asediaba.

Yo me iba al día siguiente al extranjero y pensé que no creía que volviéramos a vernos. Yo también tenía una relación personal en ese momento algo inestable y, en fin, no habían saltado chispas...

Hasta que nos levantamos. Cuando fui a despedirme me abrazó. Fue un abrazo cálido y extrañamente familiar y después me miró fijamente. Sentí algo muy extraño y fuera de lo común para ser una despedida de alguien que apenas conoces. Lo que yo no sabía es que, con esa mirada, seguramente copia de alguna otra mirada, ya me había atrapado.

Durante aquel mes que pasé en Italia hablamos muy de vez en cuando. Sobre todo, eran conversaciones en las que yo le preguntaba cómo estaba con respecto a su relación, y él me contaba cómo su ex lo perseguía obsesivamente para volver, hasta el punto de tenerlo más que deprimido. Luego pasaban muchos días sin que me hablara y otra vez contactábamos. Era algo extraña esta intermitencia, pero la verdad sentía lástima por él. Siempre he tenido debilidad por ayudar a la gente, una especie de *síndrome de salvadora* que poco bien me ha hecho en este caso.

Yo le mandaba alguna foto del viaje y él me iba contando cómo pasaba los días... Parecía que su ex no lo dejaba vivir en paz. Quería volver a toda costa con él y no paraba de agobiarle. De hecho, él se planteaba irse a otra ciudad o incluso ponerle una denuncia. En ese momento yo lo veía como la víctima de una situación que no sabía cómo resolver.

En ningún momento pensé que eso no fuera cierto. Él resultaría ser un verdadero maestro de la mentira. Así que yo me mantenía ahí, al otro lado del teléfono, preocupándome por él, preguntándole cada poco tiempo cómo se encontraba y dándole lo que yo creía eran sabios consejos.

Más adelante llegaría a leer un mensaje de aquella chica cuando terminó la relación con él y a pesar de leer que estaba devastada, que él era un mentiroso patológico y que le había hecho la vida imposible, yo no le creí... Me culpé muchas veces por no haber visto una bandera roja en aquel mensaje que él mismo me enseñó casi al comienzo de nuestra relación, pienso que poniendo a prueba mi confianza en él, antes de empezar nada más serio. Pero simplemente yo le creí a él.

Por eso cuando me dan ganas de avisar a sus próximas víctimas pienso que no tiene sentido. Estoy segura de que no me creerían. De hecho, tuve la oportunidad de hablar con una pareja de compañeros de gimnasio de él cuando todo ocurrió y a pesar de mis intentos de explicar lo que pasaba, por supuesto no lo creyeron. Quién iba a creer que alguien tan maravilloso, educado y servicial iba a hacer semejantes cosas... En el caso de que sea tu pareja hay muchas señales desde el principio, pero a veces solo vemos lo que queremos ver y justificamos todo lo demás. No debemos sentirnos culpables por ello sino pensar que todo eso es fruto de una manipulación.

Cuando volví de mis vacaciones familiares hacía varios días que no hablábamos y un día que venía en bici de entrenar, me propuso cenar una pizza. Y así, sin prepararlo, tuvimos nuestra primera cita.

Esa cita desembocó en un primer beso tan impresionante, que fue demasiado perfecto. Con deciros que de fondo sonaba una canción de Sidecars y justo cuando la canción hacía alusión a un beso, sus labios se juntaron con los míos en una fusión casi de otro planeta.

Evidentemente yo, que soy fan de las películas de amor y que vivo las cosas con bastante intensidad, sentí fuegos artificiales en mi interior. La verdad es que nunca me habían dado un primer beso como aquel... fue el más increíble y ahora sé que el más poco creíble de todos mis primeros besos.

A partir de ahí todo se fue dando solo. La siguiente cita fuimos a la playa y vimos las estrellas, siempre con la banda sonora del móvil detrás que ya adivinaba el origen de lo que sería nuestra *lista de canciones.* Para nuestro tercer encuentro cogimos una casita unas horas, solo para los dos.

La primera vez que hicimos el amor fue algo mecánico, como si hubiera desplegado todas sus armas de golpe. Sentí como si estuviera haciéndome un chequeo completo, fue algo extraño, pero lo achaqué a los nervios, ya que poco después de eso el sexo también se convirtió en el sexo más adictivo que había tenido nunca, precisamente porque él me leía y hacía, decía y se mostraba justo como yo quería que fuera. Para mí no era sexo, era pura conexión y puro amor. Y yo sentía que era absolutamente recíproco.

Con deciros que un día hasta las lágrimas le caían mientras lo hacíamos... en fin, a veces me río y creo que tuve que pensar que algunas cosas eran demasiado sobreactuadas, pero estaba totalmente inmersa en su sucio juego. Con las gafas rosas de los mundos de *Yupi* pegadas a mis sienes con Super Glue.

Claro que ya había banderas rojas por aquellos maravillosos principios, solo que yo no las veía o más bien las veía y las ignoraba continuamente. Era especialmente crítico con los demás, pero aceptaba muy mal las críticas hacia su persona, y cuando digo crítico hacia los demás era básicamente que su pasatiempo era meterse con sus compañeros con bromas sarcásticas y comentarme lo mal que le parecía que algunos de ellos intentaran ligar con chicas muy jóvenes y cosas por el estilo. Hoy sé que todo lo que criticaba eran proyecciones de sí mismo.

Una cosa que me resultaba curiosa es que cuando yo le decía algo bonito él siempre me decía «¡Calla! ¡Mentirosa manipuladora!», con voz de niño, en tono jocoso; evidentemente también era su propia proyección.

Ahora sé que vivir con él era como jugar al mundo al revés. Si me decía que tenía celos de mí era porque él estaba con otras personas; si me decía que no sería capaz de mirarme jamás el móvil era porque sabía mi clave y me espiaba continuamente. Si decía que hablaba maravillas de mí a sus amigos era porque estaba ya difamándome en aquel entonces. De esto me enteré ya una vez acabada la relación y claro, me hizo conectar los mil cabos sueltos durante esos catorce meses.

Los «te quiero» y «te amo» llegaron más pronto de lo normal, con deciros que a la semana de estar juntos me había cogido un anillo que yo llevaba, colocándolo en su dedo meñique, y había puesto mi foto en el salvapantallas de su móvil. Más tarde la cambiaría por la de su perro, un día delante de mí, claramente en los comienzos de la devaluación.

Empezamos a viajar. Por mi trabajo tengo bastante tiempo libre así que no parábamos de viajar y viajar, lo cual favorecía que todo fuera como un cuento de hadas. Recuerdo un día bajo la catedral de Cuenca, que me llevaba de la mano y aminoró el paso. Iba despacio hacia su fachada como va una pareja de novios al altar. Me miró como quien mira al mayor tesoro que hay en el mundo y a pesar de que llevábamos juntos un mes, no supe ver los peligros que entrañaban aquellos mensajes subliminales. Y fueron muchos, muchas señales de ese tipo con las que bombardeó mi subconsciente en esos primeros meses...

Viajamos también tres veces a Pirineos. Alquilamos una casita y bajo la luna, en el enorme *jacuzzi* en la terraza, yo pensaba que aquello era un sueño, que era absolutamente surrealista. Mi cerebro estaba drogado hasta las cejas de hormonas de la felicidad y estaba dispuesto a obviar cualquier bandera roja que osara a interponerse entre nosotros.

Recuerdo que esa noche, llevaríamos un mes juntos, puso velas por toda la habitación y mientras hacíamos el amor comenzó a decir «eres mía, eres mía, eres mía». Le hubiera dicho mil veces que era suya en ese momento, es más tarde cuando empiezas a conectar las cosas, claro que para él era suya. Era su objeto.

Me hablaba mucho de muchas mujeres en su vida, curiosamente, además de hablarme de su ex, con la que había pasado diez años y me parecía más normal. Me hablaba de chicas como amigas o familiares de ella, gente del pasado que no tenía mucha relevancia, de su jefa, de monitoras del gimnasio y sobre todo me hablaba mucho de sus compañeras de deporte, a veces demasiado y con algunos comentarios muy subidos de tono, aunque siempre los ponía en boca de sus compañeros, diciéndome lo horrible que le parecía a él que hablaran con tan poco respeto de aquellas chicas que además eran tan jóvenes. Estaba obsesionado en demostrar lo digno que era y lo pervertidos que eran los demás.

Todos estos comentarios, sin darme cuenta, iban mermando mi autoestima. Pero yo, que siempre he sido una persona súper liberal, pensaba que la gente más joven que yo hablaba así o pensaba asá, o que quizás el hecho de que él fuera menor que yo me creaba cierta inseguridad, que mi situación personal le afectaría o mil cosas que pudieran justificar todos esos comentarios.

Luego supe de la *triangulación*, que más tarde explicaré con detalle. Claramente me trianguló con todas ellas y hasta con su perro. Recuerdo que a veces me decía que soñaba a menudo que se acostaba con una compañera de deporte, que además tenía pareja y era amigo suyo también, para más tarde decirme «Uf, qué mal rato he pasado», aumentando así la confusión y la situación en general poco clara en la que siempre nos movíamos. Yo no soy una persona celosa, pero poco a poco me sentía confusa. Tenía miedo a perderlo y me esforzaba más y más en satisfacer sus necesidades afectivas, aunque parecía no ser nunca suficiente. Y yo sentía que andaba siempre en peligro y con la lengua fuera.

Recuerdo una vez que estaba tendiendo la ropa y hablándome del que era su perro, en realidad perro que abandonó junto a su ex, y con el que le encantaba triangular y utilizar para ligar con otras mujeres. Pues me dijo que si tenía que elegir a alguien para que viviera entre su perro y yo, claramente escogería a su perro. Me sorprendió ese comentario y me dolió y a pesar de que lo vi decirlo súper serio quise convencerme a mí misma de que era una broma.

Por esas épocas me decía que era la mujer de su vida constantemente... pero a la vez hacía estos comentarios extraños y actuaba de forma poco clara, aunque yo no lo quería ver. A veces pasaba despacio cuando veía una mujer que paseaba un perro y me decía que las tías eran unas creídas porque se asustaban de verlo en el coche aminorar la marcha, cuando en realidad él solo miraba al perro... En fin.

La primera vez que me castigó con silencio fue una noche después de salir de un concierto. Habíamos cogido un hotel y estuvo toda la noche sin hablarme porque yo me había encontrado con un amigo, al que aprecio mucho y con el que estuve hace más de diez años, y habíamos recordado viejos tiempos dándonos también un abrazo. Por supuesto, estuvo además tres días sin tocarme siquiera. Las razones de su enfado eran bastante dudosas, pero cómo no, yo siempre intentaba ser comprensiva y ponerme en su lugar. Pensar que quizás yo también me habría molestado, puede que fuera demasiado efusiva, debí hacer esto o aquello...

Más adelante daban igual las razones, él peleaba cuando necesitaba emoción, fuera por lo que fuera, y terminaba castigándome, haciéndome el vacío, o sin hablarme durante horas. A mí eso me provocaba muchísima ansiedad y él lo sabía. A veces me iba con el coche en mitad de la noche porque no soportaba su indiferencia, hasta que terminaba llamándolo en un mar de lágrimas. Entonces venía a recogerme y como si fuera una niña desvalida me llevaba a casa, me decía cuánto me amaba y vuelta a empezar. Cuando leí sobre la *ley del hielo* me asombré muchísimo de que todos siguieran patrones tan parecidos a la hora de manipular y de devaluar.

Todo aquel bombardeo de amor duró bastantes meses, aunque de vez en cuando pasaban estas cosas que yo no entendía. Cuando nos enfadábamos y yo quería expresar mis sentimientos se bloqueaba y se quedaba callado sin saber qué decir. De hecho, quedaba inexpresivo durante un rato, yo le preguntaba si iba a contestar, y me decía que estaba pensando. Evidentemente luego supe que era algo normal ya que debía reaccionar a una emoción que él no sentía, y tenía que encontrar las palabras adecuadas por lo que había de analizar la situación previamente. Él siempre lo achacaba a sus problemas con su introspección y con su fobia a dar explicaciones. Ya veis, banderas rojas y banderas rojas sin parar y eso era mientras yo pensaba que estaba viviendo en el cuento de Aladino.

Sentía gran dependencia hacia él. Él intentaba solucionarme todos los problemas y así iba haciéndome inútil muy poquito a poco, y yo lo iba necesitando cada vez más. Se ocupaba de mis temas laborales, me llevaba a los sitios donde tenía que ir o incluso si iba sola a algún sitio que no conocía procuraba seguirme con el coche o ir delante mía para asegurarse de que no me perdiera, o ese motivo alegaba él. Tenía las contraseñas de mis redes sociales y de mis cuentas bancarias. Incluso lo metí en mi negocio, típico tópico, pues después supe que no era el primer negocio familiar donde se metía. De hecho, todos sus trabajos habían tenido que ver con sus parejas.

Poco a poco todo aquel bombardeo de amor desaparecía por momentos y yo sentía que me daba una de cal y una de arena. Parecía que pasaba de mí y de repente me decía que era el amor de su vida y que sin mí no podía vivir; yo me lo creía y me sentía muy afortunada de tenerlo a mi lado. Ahora sé que entre las palabras y los hechos siempre van delante los hechos.

He leído mil veces las conversaciones que teníamos por WhatsApp y os aseguro que es un manual de manipulación narcisista con todas sus fases.

Yo no paraba de pedir perdón por todo. A veces pedía perdón sin más, me salía solo continuamente, y tenía la sensación de que iba caminando de puntillas, ya que sabía que en cualquier momento la cosa podía torcerse y eso podía desembocar en horas de silencio, discusiones surrealistas y mucho sufrimiento, así que evitaba aquellos temas que pudieran contrariarle.

Y poco a poco me fui perdiendo a mí misma. Y mi único afán era que no se perdiera ese enamoramiento tan intenso y especial que teníamos los dos y estaba dispuesta a lo que fuera para mantener eso. Pero cada día me iba quitando un poquito de sus atenciones, de su cuidado, de nuestra intimidad. Yo le daba cada vez más y me conformaba cada vez con menos.

Las discusiones no tenían motivos claros, sino que discutía por discutir, muchas veces en días señalados que se suponían tenían que ser felices. Cuando leo nuestras conversaciones me veo argumentándole que nuestras diferencias son surrealistas porque no hay desencadenante, sino que es el propio acto de discutir sin motivo real. Leyéndolas ahora veo cuántas cosas no me cuadraban y cómo iba mirando continuamente hacia otro lado, totalmente adicta a lo que yo creía era un amor sobrenatural recíproco.

En la época en la que estuve enferma, él le quitaba totalmente importancia a la enfermedad y eso me vino muy bien pues en esa oscura época yo estaba tan absorbida por él que el proceso de operación, radioterapia y medicación se hizo algo más fácil. En el fondo sé que su afán porque yo me olvidara del cáncer era porque tenía celos, del cáncer y de cualquier cosa, persona, o situación que pudiera hacerle sombra en su omnipresencia.

No fue hasta casi el año cuando yo empecé a despertar; me refiero a sentir cosas que realmente no me cuadraban. Y que se hacían ya evidentes. Por ese entonces también había habido un par de veces en las que me había hablado en tono muy despectivo y no solo a mí, sino que se lo había visto hacer a su familia, o incluso a alguna persona por la calle. Sin embargo, de cara a la gente que le conocía menos íntimamente y se suponía eran sus conocidos y compañeros de deporte, seguía siendo el hombre maravilloso, servicial y modélico que yo había conocido.

Recuerdo un día que le pregunté cómo había pasado de ser una persona increíble y maravillosa para él, a sentirme una auténtica mierda, después de una sesión de gimnasio en la que me había sentido más que humillada. A lo que me contestó que estaba preocupado porque cada vez me parecía más a su ex y sus inseguridades. Y me quedé pensando que eran cosas mías, como siempre.

Estos sinsentidos, cambios, situaciones extrañas, el que cuando un día no estábamos juntos no me hablara casi alegando motivos que cada vez parecían más ilógicos, me hicieron comentarle una vez a una de mis mejores amigas, que además casualmente es especialista en estudios de la mujer y catedrática en la universidad, la manera que tenía de dejarme de hablar o lo que es lo mismo, el castigo silencioso que me hacía, y ella fue la que por suerte pronunció la palabra mágica *narcisismo.*

En aquel momento yo no le di demasiada importancia, pues para mí una persona narcisista no era más que alguien engreído y con mucho ego. Pero aquella tarde al llegar a casa me puse a investigar en el tema y nunca me olvidaré de la sensación de vértigo en mi estómago, de aquella noche en vela interminable, y de cómo tenía la impresión de que todo lo que veía y leía hablaba de él. Cuando leí sobre el *bombardeo de amor* millones de *flashbacks* vinieron a mi cabeza, la *triangulación, el castigo silencioso, la luz de gas*. No había nada que yo no hubiera experimentado excepto el *descarte*.

Con un miedo atroz acudí a él y se lo conté con la fe ciega en que me convenciera de que estaba equivocada, pero conforme se lo dije, aunque intentaba hacerme sentir una persona horrible por pensar así de él, se le iba cayendo la máscara más y más.

Aumentaba su ansiedad por sentirse descubierto y a los pocos días mientras íbamos en el coche se puso a cantar a posta mientras yo le hablaba de algo cotidiano cortándome la conversación. Le pregunté qué hacía y me dijo que no me callaba la bocaza. Después de decirle que me parecía que cuanto menos tenía una falta de control de impulsos y que debía tratarse de eso, me profirió una serie de insultos horribles y subidos de tono mientras yo conducía el coche y temblaba como una hoja. Primero le pedí perdón por una cuestión de supervivencia (para que parara). Nunca me habían hablado con esa violencia... y por supuesto no estaba dispuesta a permitirlo. En ese momento pensé que el primer maltrato, aunque fuera verbal, tenía que ser el último, a pesar de que todavía no era consciente de que el abuso, la humillación y la devaluación habían comenzado mucho antes.

Lo dejé en casa y me fui para no volver. Ese mismo día le mandé un mensaje diciéndole que habíamos terminado y ahí vino su colapso. Estaba absolutamente incrédulo con la situación y sacó todas sus armas victimistas para hacer que volviera. Amenaza de suicidio, gritos enloquecidos, intentar que sus padres me convencieran, hacer que hablara con sus amigos, pedirme matrimonio, otra vez amenaza de suicidio, y así durante dos o tres días en los que tuve que salir de la ciudad porque verdaderamente sentía mucho miedo.

Esta reacción no hizo sino corroborarme que jamás volvería a estar a su lado. Hablé una última vez por teléfono con él para pedirle que por favor ya no pusiera fotos nuestras en sus perfiles, que dejara de poner frases dirigidas a mí y que ya no quería verlo de lejos en muchos sitios a los que iba... y esa conversación telefónica fue tan surrealista que me ayudó mucho a pelear posteriormente con la disonancia cognitiva.

En su discurso, haciendo como que lloraba, me comentaba que la gente decía que dejara de justificarme, como si yo fuera el verdugo que lo había abandonado al pobre, dejándolo destrozado. Copiaba mis frases una y otra vez. Fue una auténtica locura y en medio de todo ello me dio el teléfono de su exnovia, todavía estoy intentando averiguar por qué, ya que cuando me puse en contacto con ella supe lo que había vivido, que no contaré aquí por respeto a ella, pero que ponía los pelos de punta. No sé si en realidad le hacía disfrutar imaginar una conversación entre dos víctimas con la importancia que eso le daba a él y a su ego. Había conseguido lo que quería que era ser la víctima de su víctima y ese era el papel que iba a jugar a partir de ahora, exactamente el mismo papel que jugaba cuando yo le conocí.

Gracias a esa chica que había estado con él antes que yo pude aguantar todas las negaciones a las que acudía mi cerebro en un intenso intento por creer que todas las pruebas que tenía no eran suficientes. Lo que ella había vivido durante tantos años me dio mucha fuerza para cortar de golpe y para siempre. Y siempre le estaré agradecida puesto que era una persona que ya había salido de todo eso y no quería saber nada de él ni de nada que le relacionara. Pero cómo no, como buena presa de narcisista, le pudo la empatía.

Luego me enteré que al igual que con ella, mientras estaba conmigo haciéndose el hombre íntegro y mostrando celos y desconfianza hacia mí, él estaba hablando con cientos de mujeres por las redes, que tenía un montón de perfiles de Instagram falsos, y un largo etcétera, descubriendo que casi en su totalidad él era una gran estafa. Eso explicaba sus desapariciones, sus horas sin contestar un WhatsApp y sus miles de excusas.

Y todo esto hasta el día de hoy... escribiendo esto con unos meses de contacto cero a mis espaldas, terapia psicológica y mucha información, porque esta es lo que más poder nos da para afrontar una situación tan compleja como la que describo.

Todavía hay noches de disonancia y de vínculo traumático, todavía lo desbloqueo alguna vez y me quedo mirando su ventana en línea, pero estoy más que segura de lo que he vivido, de quién es y de que jamás volveré a dejar que se acerque a mí.

Todos los relatos que vais a leer en este libro se escribieron en esas noches en las que mi cerebro hacía pulsos de resistencia con mi inercia destructiva y mi única vía de escape era escribir y escribir.

Espero, no que los disfrutéis, pero sí que os veáis reflejadas en ellos y que sepáis que no estáis solas.

Ahí van.

El despertar

Sobre un disfraz impenetrable empecé a rascar con la punta del dedo, al principio como haciéndote cosquillas, quizás caricias, esas que tanto odiabas en realidad, pero que tenías que aguantar.

Comencé a rascar luego muy poquito a poco cuando dormías, de una manera inconsciente, cuando te quedabas pensativo, o en tus ratos de castigo silencioso. Ahí estaba yo, en silencio, a tu lado, mientras esperaba que volvieras a hablarme o al menos saber qué había hecho para provocarlo, rascando con la punta de mi dedo, en un incesante y compulsivo vaivén, guiado por los gritos de una intuición que tú mismo habías enterrado dentro de mí.

Rasqué y rasqué, día y noche, cada vez que tus ojos contradecían tus labios, cada vez que tu mirada se perdía y que esbozabas esa media sonrisa que hoy sé que estaba muerta.

Rasqué en las noches que habíamos discutido sin saber por qué, cuando había terminado pidiendo perdón y besándote en el hombro, sintiéndome culpable de tu disgusto y esperando que te durmieras tú, para poder dormir yo.

Rasqué cuando te sentía cerca pero muy lejos, cuando me decías «te amo» con ojos inexpresivos. Rasqué tanto que mi dedo comenzó a sangrar y aun así rasqué y rasqué cuando todo comenzó a precipitarse en mi interior.

Cuando las banderas rojas aparecían hasta en sueños, cuando mi cuerpo gritaba a la vez de amor y de miedo, cuando no sabía discernir ya qué estaba ocurriendo, cuando empecé a tener niebla mental, cuando no me salían las palabras y te pedía ayuda para que terminaras mis frases, cuando la ropa se me perdía pero tú, casualmente, siempre sabías dónde estaba, cuando te necesitaba casi para respirar, cuando mi cuerpo entró en un estado de hipervigilancia, cuando mi corazón gritaba tu nombre pero mi estómago se retorcía, rasqué y rasqué y rasqué....

Y un día apareció un agujerito, y de ese agujerito salió oscuridad, y entonces, solo entonces...

Se hizo la luz.

Nunca fuiste

Nunca fuiste, nunca fuiste...
Fuiste un álbum de retazos de mí misma,
fuiste un plagio de mi voz y de mis ganas,
mis gemidos y mi risa,
mi ruidosa carcajada, mi mueca triste.
Nunca fuiste...
Fuimos solo uno,
solo yo, y tú mi reflejo,
al que amé con tanta fuerza
que por suerte terminé rompiendo.
Tus manos, mis manos cálidas,
tu sonrisa era la mía,
tus ojos fijos en mis ojos,
tu cuerpo sobre mi cuerpo...
solo fue un sueño, un trampantojo...
Nunca fuiste, nunca fuiste...
Solo fuiste una canción
que yo sola me canté para dormirme.

Disonancia cognitiva

Tengo ganas de llamarte esta noche para contarte que me estás haciendo daño y que me cuides, que me protejas del monstruo que has resultado ser.

Quiero llamarte y que me digas «Mi amor, no pasa nada»; dejo el teléfono encendido esta noche, por si voy a convertir tus sueños en pesadillas.

Quiero llamarte para que me acaricies el pelo con tus garras.

Quiero que me seques las lágrimas que me estás provocando, que seques mi cara y me digas que no vas a permitir que me hagas daño.

Sé lo que está ocurriendo en mi cabeza, las semillas que has sembrado, sé que has preparado mi cerebro para esta disonancia cognitiva...

Sé de sobra a lo que me estoy enfrentando. Dos fuerzas antagónicas tirando de mí a la vez.

Sé que me has inoculado una luz falsa, tan intensa que compensa a la oscuridad que desprendes, por eso necesito que vengas a calmar la ansiedad que me estás provocando.

Quiero que me digas que si te atreves a tocarme será lo último que hagas.

Y aun en esta disonancia me siento más cuerda que nunca.
Los hilos de marioneta ya se han cortado...
Mi cerebro confundido está sanando.

Almagelización

Recorriendo las carreteras sinuosas de montaña de los Pirineos, me di cuenta de que no tenía miedo a nada. Ya no tenía el vértigo que había sufrido toda mi vida; ya no temía caer por los abismales cortados que pasaban veloces por la ventanilla del coche. No temía que fuéramos a más velocidad de la debida, no tenía miedo a la muerte siquiera.

Tenía la extraña sensación de que pasase lo que pasase él me salvaría, que dejaba mi vida en sus manos y que, si moría junto a él, sería, al fin y al cabo, un buen final...

Mi instinto de supervivencia estaba desconectándose... qué más daba todo si estaba con mi alma gemela.

Lo que no sabía es que las dos almas eran suyas.

Contacto cero

Contacto cero, sin verte en línea ni saber dónde o qué estarás haciendo. Mi mente se escabulle y pierde su concentración. Imagino tu cara, recuerdo tus expresiones y las reproduzco en un burdo intento de no olvidar lo que me estoy esforzando en olvidar.

Me pregunto cómo he podido estar en un coma tan profundo y no darme cuenta de todos tus intentos de disminuirme, pero lo que más me sorprende es sentir los efectos de esta dependencia que me engulle por momentos. ¿Cuándo me hiciste adicta?

Por un instante quiero desbloquearte y preguntarte qué coño me has hecho, decirte que eres un psicópata ridículo y pretencioso, que no vales nada, que todo tu esplendor es una mentira, que tienes el ego chiquitito... pero en el fondo sé que además de querer decirte todo eso, necesito ver la palabra *escribiendo* en tu estado de WhatsApp. Qué me has hecho...

Sé perfectamente lo que he de hacer, si te dijera todo eso te estaría dando un maravilloso combustible y ese te gustaría aún más que cuando te adoraba, verme agónica suplicando por un poco de tu perversa atención.

Lo que más me duele es no poder sentir odio hacia ti, seguir emanando empatía, esa que tú desconoces y por la cual me elegiste. Y te juro que me ahogo de ponerme en tu lugar.

Días de contacto cero, de luchas internas, de momentos oscuros y momentos de liberación y sobre todo de saber que cada día es un paso más para la recuperación.

Al menos sé que yo tuve la suerte de que me dotaran de alma.

La herida invisible

Dolía y dicen que el amor no duele, pero me dolías cada vez que me negabas un beso, y a los dos minutos me abrazabas como si la vida se te fuera en ello, dejándome confundida y herida.

Dolía y dicen que el amor no duele, cada vez que intentabas que mi risa, si no era provocada por ti quedara eclipsada por cualquier motivo, que hiciera que a la fuerza dejara de sonreír. Siempre había una buena causa para que tu desazón apagara mi alegría y mis ganas, y dolía.

Dolía y yo no entendía por qué siendo tan feliz lloraba cuando subía al coche y me alejaba de ti. Lloraba de emoción y de inseguridad, lloraba de amor, de dependencia y de miedo por si te perdía... y dolía.

Dolía que me cuidaras y defendieras como lo más valioso que nunca hubieras tenido, y luego me lo fueras quitando tan poco a poco, gota a gota, dejándome desvalida.

Dolía la incertidumbre de saber si estarías bien, si hoy sería un buen día o sería de esos en los que estabas horas en silencio y yo no hacía más que acariciarte y esperar preguntándome qué ocurría realmente y por qué dolía...

Los momentos buenos lo eran tanto, que al principio lo eclipsaban todo, pero dolía y el amor no duele, cada vez que me decías que tenías que pensar, que estar conmigo era difícil, que sufrías, y dolía...

Los primeros meses tan felices me hice adicta a tus caricias y después, poco a poco, me lo fuiste quitando todo, día a día, cada vez un poco menos, pero volviendo a dármelas si me extrañaba o sorprendía.

Dolía y el amor no duele.

El amor es paz y no ansiedad, ni angustia ni agonía, ni insomnio ni dependencia, ni droga, ni inseguridad, ni miedo, ni necesidad, ni daño, ni melancolía.

Dolía y el amor no duele, porque no existía.

Ceci n'est pas une pipe. La traición de las imágenes.

Ayer soñé que me llamabas y me decías que tenías una súper sorpresa para mí. Me recogías en tu coche y me tapabas los ojos con una venda granate.

Al cabo de un rato sentía el frío de un lugar abovedado, como si hubiéramos entrado en una cueva...

«Nuestro sueño, mi amor», me susurraste al oído con esa voz que me dejaba anulada toda voluntad; me quitabas la venda con tus hábiles manos rozando mi pelo, provocándome escalofríos, y allí estábamos justo debajo de la bóveda de la Capilla Sixtina.

Había una gran cama con dosel y justo encima Miguel Ángel se alzaba en todo su esplendor artístico. ¿Pero cómo? Te miraba a los ojos y me mirabas como quien mira un jarrón egipcio, intentando resolver todos sus acertijos.

«¿Te gusta? Querías ir a Italia, aquí estamos, mi vida, tú y yo solos, tú y yo en nuestro mundo, yo te cuido... eres mi tesoro más valioso, nadie te va a cuidar como yo».

Una parte de mí quería llorar de emoción, pero me sentía muy confundida. Olía a humedad y también olía a él... Pensaba cuánto hacía que no le olía, su olor era como una adicción.

Me llevó a la cama como quien lleva a un niño confuso y desvalido. «Túmbate, mi amor, estás cansada, observa la belleza ¡¿verdad que se ponen los pelos de punta?! Qué emoción, ¿verdad?», decías una y otra vez.

Allí tumbada boca arriba observando la grandiosidad de la cúpula, dejé que te pusieras sobre mí y quitándome la ropa con suma delicadeza empezaste a moverte encima mía en un vaivén casi místico, mientras mis ojos no podían dejar de mirar aquel espectáculo pictórico.

«Eres mía... Eres mía...». De repente, mientras dejaba que me poseyeras sin ofrecer ningún tipo de resistencia, me pareció que la vista de un ojo se me nublaba y vi la gran estampa pictórica hacer una especie de agua. Pestañeé varias veces y volví a mirar para darme cuenta de que por momentos la imagen bailaba y que no era sino un trampantojo, un efecto óptico. Pude ver la esquina de una pared llena de moho por un momento.

Te miré de golpe, me mirabas con amor y dedicación mientras me susurrabas, pero tus ojos... tus ojos también hacían aguas... también ellos eran una ilusión. Pude ver la mirada real que escondían y al igual que el techo vacío y lleno de moho que comenzó a vislumbrarse por momentos, allí no había nada, tu mirada era hueca como si fueran los ojos de un muñeco inerte; eras un autómata haciendo como que mirabas, haciendo como que disfrutabas, haciendo como que me cuidabas, haciendo como que me sentías... Pero estábamos en una casa abandonada y devorada por la humedad y tú no eras nada más que un ser sin vida propia.

Abrí los ojos de golpe y di gracias de haber encontrado por fin mis gafas de realidad.

La mirada empática

El sol entraba por la ventana y tras las montañas, pequeñas oleadas de cálida luz nos invitaban a seguir en aquella mesa y dilatar la sobremesa eternamente.

Era un lugar espectacular clavado en medio del paraje natural, una atalaya desde donde se respiraba una profunda paz y uno de los pocos sitios del mundo desde el cual se podía divisar al majestuoso quebrantahuesos. Podíamos verlos planear a lo lejos entre las montañas, y era todo un espectáculo para los sentidos.

Por ello era uno de los restaurantes más famosos y concurridos de todo el Pirineo, en el valle de Broto.

Él decía que era su lugar favorito del mundo. Le gustaba ir a comer un buen chuletón y una tarta de queso espectacular para poner el broche final. Hablábamos y reíamos cuando se acercó el camarero.

Pude sentir sus ojos sobre los míos mientras tenía una agradable conversación con aquel afable señor, que había fundado junto con su familia, hacía más de veinte años, aquel increíble lugar. Mis ojos le sonreían y permanecía muy atenta mientras me hablaba de cómo habían logrado mantenerlo a flote a pesar de las adversidades del principio y lo mucho que les había costado.

Olía a setas a la plancha y a especias y podía sentir su mirada en la mía. Yo seguía conversando con el camarero, admirando la pasión con la que hacía su trabajo y el amor que le profesaba a ese lugar.

Me imaginé siendo él, empezando de cero hace tantos años. Pensé que tenía que ser bonito y que debía estar orgulloso de haber mantenido un sitio tan especial, al que hoy se le reconociera como tal.

Cuando se marchó, me miró fijamente y me dijo: «Es increíble cómo miras a la gente, no me extraña que se enamoren de ti».

Quedé perpleja por un momento y nunca entendí bien ese comentario.

Hoy sé que descubrió en mí la mirada que más difícilmente iba a poder imitar...

La mirada empática.

Vínculo traumático. Soy rehén.

Estoy atrapada dentro de ti,
en la oscura ansiedad que me provocas,
en la debilidad de mi cuerpo si me tocas
y enciendes mi amor inexplicable por ti.
Estoy atrapada
en la toxicidad en la que me enredas,
haces que mi cabeza dé vueltas
y sienta que no sé quién soy sin ti.
No puedes parar, ¿verdad?
Con tu inercia destructiva
arrasas todo a tu paso, cualquier corazón con vida,
cualquier alma blanca y pura
no sale viva de allí.
Me estás aplastando, me ahogas,
me aprietas, me quemas viva,
me salvas, me recompones,
me desmontas, me derrumbas...
me muerdes haciéndome heridas
invisibles y profundas.

Creaste grietas en mi coraza hasta romperla
y ahora estoy desnuda
y me estás despellejando.
Callas mi voz para que no pida ayuda,
y cuando estoy a punto de morir,
lames mis heridas como un animal hambriento
devolviéndome a la vida,
alargando el sufrimiento,
estirando la agonía
de un cuerpo que no soporta más,
el abuso de un alma sin vida.

Too much love will kill you (Queen)

Solo quien ha experimentado el *Love Boombing* en primera persona, sabe la intensidad con la que se vive durante ese tiempo. Nada es comparable y es así precisamente porque no es real. De hecho, hay muchas personas que no creen poder volver a enamorarse. Sienten que ninguna relación posterior les hará sentir lo que una vez sintieron con este tipo de relaciones tóxicas.

Así, van de una relación a otra, sintiéndose muertas por dentro, con un vacío profundo, ya que se han acostumbrado a vivir en la zozobra del amor, en la cuerda floja, en el caos continuo de un te quiero y no te quiero. En un lugar de reconciliaciones tan intensas como los desencuentros y, en definitiva, en una locura absoluta, que ellas identificaron como amor y que, aunque causa mucho sufrimiento ya sabemos también que es tan adictivo como la droga más dura.

Cuando nos quieren bien no hay sufrimiento. Hay mariposas, pero no las vomitamos a chorro cada día, no tenemos inseguridad, hay paz mental. Y claro, hay mujeres que salen después de años con alguien con TPN y no saben lo que es la paz mental ni el amor sano. Quedan entre la disonancia cognitiva y la frustración, con el sentimiento de que no solo han perdido un montón de años de su vida con alguien que no las amaba, sino que además ya no saben lo que es amar sin drama, sin lágrimas, sin violencia y en definitiva sin caos.

Pienso en si he caído yo... cómo podrán librarse nuestros hijos de este tipo de personas. Y siento que definitivamente algo no está funcionando en esta sociedad. No tengo la impresión de que se sea consciente de este problema. Creo que cuando se habla de maltrato psicológico se minusvalora muchísimo el alcance de esta situación. Una situación que desemboca incluso en la muerte muchas veces, ya que cientos de personas terminan cometiendo el suicidio como única manera de salir de un círculo vicioso que no entienden, agotados mental y físicamente, sin autoestima, destruidos y confusos, sintiendo que no valen nada... Y no hablamos solo de relaciones sentimentales sino también de situaciones de violencia escolar y *bulling* laboral.

Nos vamos a encontrar en nuestra vida con unas sesenta personas con este tipo de trastornos y la mayoría de psicólogos no están especializados en el tema. Las víctimas van a terapia psicológica y terminan revictimizándose ya que los profesionales les dan consejos que le darían a una persona que tiene una relación de pareja complicada. Consejos basados en el diálogo, el entendimiento, el raciocinio y la reconciliación.

Pero no... No, esto no se trata de una relación de pareja. Se trata de una víctima y un verdugo, ya sea el hombre o la mujer, y de una situación en la que la vida corre peligro y de la que no solo hay que salir airosa sino recibir en muchas ocasiones terapia psicológica durante años, debido al estrés postraumático de la víctima entre otras cosas.

Cuando el amante se transforma en violador, el amigo en enemigo, la verdad en la mentira y el amor en odio, el impacto en nuestro cerebro es atroz y ha de hacer un gran trabajo de desintoxicación y reeducación. Para ello en primer lugar tenemos que estar informados sobre lo que tenemos delante y en segundo lugar debemos tener ayuda de profesionales especializados.

Pienso que desde jóvenes en los institutos deberíamos saber qué son las banderas rojas y saber diferenciarlas, porque puede significar la diferencia entre la vida y la muerte, o al menos el ahorro de años de sufrimiento.

Voy a exponer algunas de las características de estas personalidades, para poder identificar mejor estas banderas rojas

BOMBARDEO AMOROSO O LOVE BOOMBING

El *Love Bombing* o bombardeo de amor es la primera parte del ciclo de abuso narcisista, y consiste en una sobredosis de muestras de amor desmedido, que fácilmente podrían confundirse con el enamoramiento sano inicial si no fuera porque van más allá de lo que sería normal y coherente en el principio de una relación, tanto que abruman a la persona nublando su raciocinio y no sabiendo detectar las señales de alarma.

Estas muestras de amor son desmesuradas y muy tempranas, con el fin de que no tengas tiempo de pensar siquiera sobre la relación en sí misma ya que te acapara las veinticuatro horas. En mi caso quería protegerme a toda costa, yo me sentía como si fuera un pollito y estar con él fuera estar en el nido. En el fondo todas estas atenciones son humo. Es una forma de intoxicar tu cabeza con oxitocina convirtiéndote en adicto a esa comunicación continua, que después irán quitándote poco a poco o de golpe en la etapa de devaluación y descarte.

Tu relación será un cuento de hadas, todo será tan increíble que pensarás que es surrealista, efectivamente no es real. Será un cuento de hadas que se convierte en una película de terror...

ALMAGELIZACIÓN

Será muy probable que te diga en algún momento que sois almas gemelas. Esto se produce por el falso espejo. Teniendo en cuenta que ellos no tienen una personalidad propia como tal, estas personas sin identidad se adaptan totalmente a lo que tienen delante, por tanto actuarán como un espejo para ti. Tendrá tus mismos gustos, tus mismas aficiones, tu misma manera de sentir las cosas, incluso compartirá tus traumas o miedos. Vamos, que pensarás que te ha tocado la lotería, que es cierto que existe tu media naranja y le darás gracias a la vida una y otra vez.

En mi caso, cada vez que yo hablaba sobre algo que se me había ocurrido, un plan para hacer, una canción que me venía a la mente, él inmediatamente me decía que estaba pensando justo lo mismo e incluso empezó a decir «sincro» cada vez que eso supuestamente ocurría y, eran tantas las veces, que llegué a pensar que teníamos realmente una conexión casi trascendental.

Cuidado cuando en una relación una persona es absolutamente encantadora y servicial, todo va muy deprisa y es demasiado perfecto ya que es muy posible que estemos siendo estafados y que nos encontremos ante una personalidad psicopática.

EMPATÍA COGNITIVA

Son personas encantadoras porque tienen empatía cognitiva, es decir, saben lo que es la empatía, aunque no puedan sentirla y son capaces de simularla a la perfección, por lo que no es de extrañar que sea la típica persona que se desvive con todo el mundo, colaborador, amante de los animales y los niños. Aparentará sinceridad y buenas intenciones, por lo que transmite una confiabilidad que hace que bajes todas y cada una de tus barreras, por eso haga lo que haga será muy difícil desconfiar de él.

Esta es una de las razones por las que luego sentimos esa disonancia cognitiva tan feroz. No nos parece posible que la persona que nos ha vendido que es, sea el monstruo que ha resultado ser. De salvador a verdugo de golpe es demasiado para procesar. Pero ellos se han encargado previamente de crear ese entorno de confianza en el que depositas tu dinero, tus pertenencias, tus confesiones, tu personalidad y tu vida.

PERSONAS DESEQUILIBRADAS EN SU PASADO

Otra bandera roja muy recalcable es que estas personas suelen tener una gran cantidad de personas desequilibradas en su pasado. Su ex estará loca, la anterior era una insegura y la anterior una celosa compulsiva. Cuando tantas personas de su pasado han estado desequilibradas: «*danger*». A veces, sobre todo si es un narcisista encubierto, como era mi caso, la manera de contarte estas cosas será muy sutil, no les echará la culpa directamente a ellas, pero se encargará de hacerte saber que él actuó bien y que a ellas las cosas se le fueron de las manos, la inseguridad les hizo perder las maneras y las formas o todo junto.

Además, en mi caso, por ejemplo, no existía nadie de su pasado anterior a mí. De hecho toda la gente que conocía, que eran prácticamente todos del gimnasio, los había conocido a la vez que a mí cuando decidió apuntarse a un deporte, con el fin precisamente de hacerse un círculo.

Había cortado con todo, absolutamente todo su pasado. Ni siquiera un amigo de la infancia, un vecino, un amigo de su expareja... no quedaba nada. Su pasado era un misterio y un desierto.

TRIANGULACIÓN

Empezará a hablar de otras mujeres que pueden estar interesadas en él, lo que se llama *triangulación*, pero seguramente te dirá que no tienes que preocuparte. Así, se jactará de ser el objeto de interés de multitud de mujeres, potenciales futuras parejas, para demostrarte lo valioso que es, para ir mermando tu autoestima y a la vez para tener motivos para luego acusarte de dependencia, celos, posesividad... Y no solo lo hacen con personas. A mí me triangulaba constantemente con su bicicleta e incluso le hablaba con apelativos cariñosos, que siempre había usado para referirse a mí de manera que cuando los decía yo giraba la cabeza y entonces me daba cuenta de que no iba para mí. Absurdo pero eficiente.

Otra de las maneras que tenía de triangularme era con el que había sido el perro de su expareja. Él siempre hablaba de él de una forma casi obsesiva y se jactaba de haberlo criado y cuidado mucho más que ella y habérselo dejado en su separación para que la protegiera. Así tenía excusas para ser víctima y héroe a la vez, llorar a mares por él y nombrarlo continuamente cuando quería cambiar de tema o excusar sus comportamientos extraños. También para acercarse a todas las chicas que tenían un perro y contarles su desgraciada historia. A veces miraba al horizonte en la playa o en algún parque y le silbaba con los ojos húmedos como si él estuviera allí correteando, en un acto dramático y un poco absurdo pero que sorprendentemente le funcionaba.

Recuerdo una vez en un viaje, estábamos tomándonos una copa en una balconada preciosa en Ordesa y estaba atardeciendo. En nuestro hotel descubrimos lo que allí llamaban un bar de honestidad... curioso, ¿verdad? Venía a ser un lugar donde podías servirte lo que quisieras y ellos confiaban en que ibas a pagar, apuntabas en una libretita lo que habías tomado y dejabas allí el dinero. Me pareció algo super bonito. Además, había muchas mesas con velitas y luces de ambiente entre plantas naturales. Nos pusimos una copa y empezamos a mirar las paredes de aquel curioso bar. Estaban llenas de corchos con *post-it*, donde la gente escribía cosas y las dejaba allí con una chincheta para la posteridad.

La escena fue muy significativa, brindamos y en nuestro entorno de intimidad, ya que estábamos solos, me miró con esos ojos que él ponía cuando quería que me sintiera la mujer más afortunada del universo, me dijo un «te quiero» bajito y se dio la vuelta y cogió un *post-it,* un boli y una chincheta roja. Yo sonreí. Él tapó con su mano el pequeño papel y me miró con una sonrisa pícara mientras escribía, luego se dio la vuelta y pegó el papel en lo alto del corcho provocando que inmediatamente yo pegara un saltito y como una niña emocionada fuera corriendo a ver qué había puesto. Cuando miré el papel había puesto el nombre de su perro en mayúsculas y un corazón...

Imaginaos mi cara de imbécil, y lo peor de todo, ¿qué podía decir? Me parecía absurdo sentir esa especie de celos por un perro, pero ¿por qué me sentía así? Evidentemente él me había hecho sentir claramente que iba a escribir algo sobre nosotros con toda aquella escenita de amor sumamente preparada y luego dio el golpe maestro para tirarme por tierra, pero entonces yo no podía comprender todo eso, por lo que callé, me sentí ridícula y le besé en la mejilla. «Seguro que está bien», le dije mientras mi mente se sentía más confusa que nunca...

PASADO BORROSO

Como acabamos de comentar, no suelen mantener ningún contacto, o muy poco, con la gente de su pasado ya que cuando son descubiertos evidentemente han de cambiar de vida, de personaje y de víctimas. Por tanto, te hablará de su pasado, de personas que por supuesto no vas a conocer y además tendrás la sensación de que hay huecos en su historia, como si su vida fuera un conjunto de anécdotas inconexas la una de la otra.

CENTRO DEL UNIVERSO

Otra bandera roja será que verás que quiere llamar constantemente la atención. Si el narcisista es encubierto será de manera sutil, pero creedme que conforme pase el tiempo lo notaréis. Cómo pretende ser el centro sutilmente en todas las situaciones y, sobre todo, cómo no soporta no serlo.

El narcisista vive de la atención de los demás ya que sin ella no son nada, no se sostienen en soledad y por supuesto no soportan ser ignorados.

De hecho, muchas de las discusiones que nosotros teníamos eran por esa razón. Me llegaba a decir que por qué tenía que quedar para tomar café con alguien que no fuera él, y desahogarme con esa persona o contarle mi vida. Y no se trataba de celos en realidad, sino de no soportar no ser el centro de todas mis atenciones. En cuanto algo no se trataba de él no podía soportarlo.

CAÍDAS MOMENTÁNEAS DE LA MÁSCARA

Una de las cosas que comienzan desde el principio sin darnos cuenta son las caídas momentáneas de la máscara. La pena es que en ese entonces estamos inmersas en el bombardeo de amor y somos casi incapaces de ver nada molesto en un ser tan maravilloso.

Yo recuerdo la primera vez que le gritó a una persona en un paso de peatones. Me impactó mucho que una persona tan educada, íntegra y respetuosa pudiera pegar un grito de tal calibre y con esa violencia. Pero pensé que todo el mundo se ponía nervioso al volante y él era joven e impulsivo y quién sabe qué otras excusas me inventé.

También recuerdo que tiraba la basura al suelo por la ventanilla del coche sin parar y yo lo reprendía por ello. Tenía comentarios racistas, machistas y homófobos, aunque al principio lo hacía de manera más fina para que no impactaran tanto y después con el tiempo, al final de la relación, a lo bestia.

No logro entender cómo puede ser que yo no reparara en que había unos contrastes que no tenían sentido. Llegué a excusar en mi interior todas esas actitudes a pesar de que fueran en contra de mis principios. Era como si hubiera dos personas, lo que pasa es que mi cerebro insistía en que la real era la falsa y la falsa era la real.

La primera vez que le escuché hablar a un familiar suyo con un desprecio absoluto, yo ya estaba despertándome. La siguiente fui yo...

FORMA DE VIDA PARASITARIA

Un dato que puede darte pistas también es que normalmente estas personas tienen una forma de vida parasitaria, así que verás que puede que los trabajos a los que se hayan dedicado estén relacionados con sus parejas, en mi caso yo misma lo metí en mi negocio, y venía de otros trabajos con situación idéntica.

SENSACIÓN DE QUE ALGO VA MAL

En definitiva y para resumir, tienes la sensación de que algo va mal, una especie de subrepción interna y perturbadora, que te atropella de repente. Un día parece que sacas la cabecita a respirar fuera de esa espiral de amor incondicional y desmesurado y dices: «Espera, ¿qué pasa aquí?». No sabes lo que es aunque hay algo que no cuadra y vives sin tomar consciencia de ello, pero con esa sensación, y el cuerpo que es sabio lo somatiza. Yo por ejemplo vivía en hipervigilancia y no sabía por qué. A la más mínima me asustaba y el corazón se me aceleraba. Conforme fue pasando el tiempo dormía cada vez peor y tenía muchos sobresaltos nocturnos. Mi intuición me hablaba por las noches con sueños extraños y me despertaba con sensaciones de miedo y angustia así que... Si la intuición te dice que algo va mal es porque algo va mal.

El principio del fin. La devaluación.

Como ya sabemos desde el principio, el TPN tiene caídas momentáneas de máscara, lo que ocurre es que, durante el bombardeo amoroso, por una parte, intentan ser mucho más sutiles y en segundo lugar, nosotras lo justificamos ya que estamos cegadas de amor. Sin embargo, una vez que nos sienten seguras comenzarán a tener conductas erráticas.

La confusión predomina en la relación con un TPN. Suelen evadir respuestas directas, te dan una de cal y otra de arena, por ejemplo, te tratan mal y al momento te dicen que eres la mujer de su vida por lo que nunca podrás saber dónde está tu relación. Te dará la sensación de que, hagas lo que hagas, nunca es suficiente.

Te da la intuición de que miente porque él mismo infunde esas contradicciones con una enorme falta de claridad, y lo hace a propósito para desorientarte. A la vez te triangula constantemente hasta que crea en ti la necesidad del espionaje. En mi caso nunca llegué a cogerle el móvil, pero confieso que lo pensé, y jamás me había pasado nada parecido con ninguna de mis parejas. Ahora que sé todo lo que hubiera encontrado allí, pienso que debí hacerlo y darme cuenta antes. Aunque también pienso que si lo hubiera hecho el impacto hubiera sido tan enorme que no sé cómo hubiera superado ese momento.

Está claro que siempre hay que respetar la intimidad de las personas, pero quien ha pasado por una situación así se lo piensa dos veces antes de escandalizarse porque alguien le cuenta que siente la necesidad de mirar el móvil a su pareja. Desde luego si pasa esto hay un problema por alguna de las dos partes, pero os aseguro que a veces una llega a esos pensamientos cuando está al borde de la locura, una locura infundada por un narcisista, por ejemplo.

Poco a poco comenzará a mostrar su doble cara, su mirada se volverá más fría. Algo muy curioso en mi caso es que lo veía enormemente atractivo y, conforme avanzó la relación, empecé a verlo cada vez más desagradable físicamente, en realidad estaba comenzando a ver su yo verdadero.

Mientras su fachada social sigue siendo impecable, a ti te mostrará otra cara mucho más oscura y tú dudarás de si la culpa es tuya, ya que solo se comporta así contigo.

Comenzará a mostrar rabia y agresividad si no se sale con la suya. Recuerdo un día que estábamos en la bolera. Jugamos una partida de bolos y perdió, enseguida quiso jugar la revancha y volvió a perder. Yo le hice una broma e intenté hacer una foto a la pantalla donde ponía nuestros nombres, ya que no era normal que yo le ganase a nada, de hecho, creo que hasta me gustaba perder y que ganara él. Su reacción fue desmesurada, alzó la voz y me ordenó que ni se me ocurriera hacer una foto a eso, me pareció una reacción bastante desmedida. Pero posteriormente comprendí la gran herida que le provocaba perder.

Están a gusto en el conflicto, se mueven como pez en el agua. Discuten porque el simple acto de discutir les complace, les da adrenalina, alargará las discusiones y además nunca llegaréis a ningún punto en común ni a ningún entendimiento, ya que su juego es la discusión en sí misma. Es lo que a ellos les da algo ligeramente parecido a una emoción, y lo necesitan constantemente para no aburrirse y sentirse vacíos.

Te denigra, los que son más encubiertos de una forma sutil al principio, a través de comparaciones, motes y supuestas bromas y a pesar de que te manipula y te maltrata, tú perdonas y miras a otro lado en un burdo intento por recuperar a la persona que conociste. Ellos ya han creado un vínculo traumático y te mueves en un bucle sin salida. Te sientes siempre como si fueras de puntillas, te da miedo hablar por si eso supone un enfado, te sientes exhausto emocionalmente. Comienza a decirte que te ama de manera mucho más mecánica y fría. No hay coherencia entre lo que dice y la emoción que debería de corresponderle.

Llegará un momento en el que la idealización dé paso al aburrimiento. En un principio ellos han idealizado la manera que tenemos de preocuparnos por él, de amarlos, de adorarlos, pero conforme pasa el tiempo se desencantan, se aburren enseguida y necesitan adrenalina, lo que les lleva a tener comportamientos impulsivos, a provocar peleas, a causar daño que provoque una alteración emocional en la víctima, que es lo que les da un chute energético a ellos. Utilizará lo que llamamos la estrategia del calamar, soltando tinta para emborronarlo todo, confundirte y distraerte de lo esencial, de que observes los hechos.

Te aplicará la luz de gas, es decir, te hará cuestionar tu propia realidad, te hará dudar de lo que crees estar totalmente segura, con el único fin de dejarte en una situación de indefensión aprendida en la que tienes la sensación de no poder hacer nada, de no poder cambiar la situación a pesar de ver lo que está ocurriendo, de ser una marioneta en sus manos.

El descarte

Puede ser que lo descartes tú a él o él a ti y en ambas situaciones la traca final será su golpe maestro, ser la víctima de su víctima. Es decir, que posiblemente le dará la vuelta a la tortilla de tal modo en el que tú quedes como la persona que le ha maltratado. Para ello ya previamente habrá lanzado una campaña de difamación contra ti. Seguramente te recuerde a cuando empezasteis vuestra relación y él era víctima de su exnovia. No será diferente lo que os espera a vosotras.

Cuando un narcisista te descarta siempre lo va a hacer de la manera más cruel y en el peor momento posible. Puede que lo haga en vísperas de tu cumpleaños, o cuando estés enferma o quizás embarazada o en cualquier momento en el que tu vulnerabilidad quede expuesta.

Te descartará sin más, puede que ni siquiera te dé ninguna explicación o que vierta la culpa sobre ti de manera cruel, su frialdad será feroz, ya que ahora sí mostrará su verdadera cara. A él simplemente le das igual. Siempre le has dado igual. No eres más que un electrodoméstico que ha dejado de funcionar y quiere tirar a la basura. Además, muy probablemente haya estado probando electrodomésticos nuevos mucho antes de decidir tirarte.

La víctima que sufre el descarte, si no comprende cuál es la situación y el trastorno al que se está enfrentando, quedará devastada, sin entender absolutamente nada de lo que está pasando y suplicando una explicación que nunca va a llegar.

Seguramente en breve verá al narcisista pasearse con un nuevo suministro y con suerte llegará algún momento en el que la información adecuada caerá en sus manos y podrá al menos conectar todos esos cabos sueltos.

Cuando se sufre este cruel descarte y no sabemos a qué nos estamos enfrentando, es muy probable que volvamos a caer o a ser aspiradas en algún momento, pues los narcisistas suelen aplicar el *hoovering* —del inglés *aspirar*— para intentar recuperar el contacto y atraparte nuevamente. La víctima vuelve a caer una media de siete veces antes de aplicar el *contacto cero* real y de terminar de una vez por todas con la relación.

Por eso es tan importante que tengamos información con respecto a este trastorno. Solo con la plena consciencia de la inexistencia de esas primeras etapas en las que nos hicieron adictas, podremos romper el ciclo.

Estos intentos de volver a aspirarnos pueden darse de distintas maneras. Por ejemplo apareciendo en fechas señaladas para decirnos cuánto nos extrañan, utilizando el victimismo, recordando quizás los buenos momentos que pasasteis juntos e incluso mandándote regalos por correo.

También podría contactar contigo ante una supuesta situación de urgencia, problema de salud o crisis familiar intentado despertar tu empatía.

Es posible que puedan pasar semanas, meses o años y que simplemente un día aparezca en tu casa sin avisar, forzando así un encuentro en el que bajes la guardia y puedas en algún momento volver a conectar, y por tanto a caer.

O simplemente puede iniciar una conversación casual como si nada hubiera ocurrido en el pasado, como si todos esos comportamientos tóxicos nunca hubieran existido.

Como vemos, hay muchísimas maneras a través de las cuales pueden intentar volver a aspirarnos, por ello es tan importante el contacto cero absoluto.

En el caso de que nosotras hayamos practicado el descarte porque lo hayamos descubierto, las cosas se pondrán algo difíciles. Pero también es verdad que para poder aplicar el contacto cero de forma efectiva cuanto antes se destape el engaño, mejor.

En mi caso tuve que salir de la ciudad unos días por miedo a esos primeros momentos, ya que si no se lo esperan entran en una especie de colapso narcisista. Digamos que su frágil ego queda expuesto y se abre su herida. Todo aquello que intenta no mostrar a través de su perfecta puesta en escena queda al descubierto y esa caída repentina de autoestima puede provocar un estallido de ira. Así ocurrió en mi caso y, por suerte, me mantuve lejos hasta que la tormenta pasó.

Normalmente ellos interpretan esto como algo natural, una rabieta, un ataque de ansiedad, pero no lo viven tan traumático como las personas de fuera y se recuperan con bastante facilidad. Hay que tener en cuenta que necesitan continuar y buscar un nuevo suministro principal cuanto antes.

Todas las emociones que solo sentí yo. La aceptación.

Aquel recorrido en coche por las pequeñas carreteras de la ruta de las cascadas en Pirineos mientras sonaban nuestras canciones... yo estaba pletórica de amor, abrumada de belleza y de naturaleza, me sentía llena de vida. Íbamos parando cada pocos metros, bajábamos del coche y nos abrazábamos y besábamos como si nos fuera la vida en ello. No había nada más en el mundo que aquellas montañas y nosotros. La verdadera realidad es que tú estabas drogado de adulación, mientras yo te miraba con devoción y sacaba mi cámara para inmortalizar el momento y sacarte fotos porque si algo me parecía más bello que todo aquel paisaje, eras tú.

La noche en que la luna llena e inmensa nos sorprendió dentro del *jacuzzi* en la terraza de aquellas increíbles casas en el valle de Ordesa. Llenaste todo de velas. Recuerdo perfectamente tu expresión. Me mirabas con absoluta adoración mientras me decías que era la mujer de tu vida y aunque no llevábamos ni un mes juntos, jamás pensé que no fuera verdad... Los engranajes del *love boombing* estaban trabajando a toda máquina.

La bañera junto a la ventana de aquella casa rural perdida de toda civilización, con aquel enorme ventanal. Recuerdo que salimos a correr a las seis de la mañana y la sensación de sentir el aire fresco en la cara mientras en mis AirPods sonaba nuestra lista para correr. Llegar y meternos en esa bañera mirando las montañas, mientras la dopamina se elevaba en mí hasta límites insospechados... Tu coctel molotov estaba haciendo efecto.

La noche en la que pude vislumbrar el cielo más despejado, estrellado y brillante que jamás había visto. Pegamos la cama a la ventana de modo que desde el cabezal teníamos todo el universo, nuestro universo... En realidad Mi universo.

Aquel paseo frente a la catedral de Cuenca cogiéndome de la mano y caminando despacio entre la gente, como si solo existiéramos tú y yo, y el mundo nos sobrara, a mí me sobraba incluso mi propio mundo... estaba entrando en tu cárcel.

El primer atardecer en el mirador de las Sirenas y la noche del millón de estrellas en la playa de los Genoveses. Recuerdo que estaba muy oscuro y yo tenía miedo. Me abrazaste como si fueras la única persona en el mundo que pudiera arroparme así, en tus brazos me sentía tan segura que nada podía lastimarme... Ya era presa...

Todas las veces que hicimos el amor mirándonos a los ojos fijamente y me decías «Eres mía, eres mía», y no te equivocabas, ya lo era...

Cuando supe lo que ocurría me sentí tan estafada, tan ridícula, tan culpable por no haberme dado cuenta de que todo era una mentira.

Pero camino a la recuperación fui consciente de que todos esos sentimientos y emociones tan exacerbados los creé yo, salieron de mi fuerza para amar, de mi emoción por la música, de mi admiración por la naturaleza, de mi devoción por el arte y la belleza, de mi empatía, de mi amor por un ser que pretendía ser un reflejo de mí misma... Nunca renegaré de cada momento vivido porque fue fruto de mi propio amor, de mi intensidad...

Omnipresencia

Preparaste mi cerebro para tu omnipresencia. Para olerte en cada pliegue de mis sábanas tristes. Para, cuando estoy caminando, a mi lado sentirte por todas las calles en las que no te encuentro.

Preparaste mi cerebro para tu omnipresencia, para intuirte cerca en mis noches de insomnio. Para escuchar tu risa en cada silencio. Es tu omnipresencia la que lo invade todo.

Cuando cada mañana tengo la sensación de haber dormido contigo, cuando quiero pedir tu café doble carga en lugar del mío, siento tu omnipresencia en algún sitio entre mi pecho y mi ombligo.

Cuando oigo nuestros gemidos en el silencio de mis labios. Cuando veo tus ojos acechándome en la oscuridad de mi cuarto, y quiero a la vez perderme en ellos y apartarlos...

Cada vez que suena un mensaje y no quiero que seas tú, cada vez que entro en Instagram para asegurarme de que sigues bloqueado, sigues ahí omnipresente, en todos mis lados.

Cada vez que voy en mi coche pensando en no cruzarme contigo, conduciendo por todas las calles, con tu omnipresencia latiendo en las que hemos estado, y también en las que nunca hemos sido.

De película

Hoy he vuelto al lugar donde nos besamos por primera vez. Sonaba la canción *De película*, de Sidecars, y fue un beso tan preciso que fue demasiado perfecto.

He vuelto allí no para regocijarme en mis desgracias, sino para acariciar mi pena, para ser consciente de la historia que no fue y de cómo fue la historia.

He caminado despacio hasta las rocas de la playa donde nos tumbamos a mirar el cielo y he sentido cómo andaba con un rastro de mentira enganchado entre mis botas.

He pensado cuántas veces me dijiste que volviste a aquel lugar porque era la manera de estar cerca de mí, cuando no podíamos vernos. Hoy sé que nunca fuiste allí, que la única que ha vuelto he sido yo para asesinar tu ausencia

Me he sentado en la piedra en la que me senté aquella noche, cuando aún no sabía que no estabas ni eras, y siento que fuiste una manzana de mentira en un frutero, demasiado reluciente, de color rojo intenso y aspecto deseable, pero de plástico y vacía, sin fragancia, sin esencia ni vida.

Miro al cielo y veo las mismas estrellas que vimos antaño y siento que estuve flotando en todas tus órbitas. Que fuiste como aquella estrella que vemos brillar, pero ha muerto hace miles de años. Que ya no eras en el momento en el que te besé y nunca has sido a mi lado.

Y gracias a eso he conseguido apagar el sentimiento de eternidad con el que engañaste a mi yo ingenuo del pasado, porque nunca fuiste y por mucho que tú quieras, no vas a ser recordado.

Me perdono

Me perdono.

Por haberme fallado y haberme dejado sola mientras bailaba alrededor de tu fuego.

Por haber traicionado todos mis instintos y haber apagado la llama de la intuición con mis propios dedos.

Por haberme obligado a ser ciega en mis pocos momentos lúcidos, dentro de la oscuridad en la que habitábamos.

Me perdono por haber amado a la antítesis del amor, por haber dejado sola a mi niña interior, en un callejón oscuro y abandonado.

Me perdono por haber confiado en lo que no parecía real, por haberme ilusionado con tus fantasmas, por haber dado la espalda a lo que siempre fui y no querías que fuera.

Por dejar que me arrastraras a tu guarida, por dejar que me curaras tú cuando estaba herida, por anteponerte incluso a mí misma.

Me perdono por haber sido marioneta en tus manos frías.

El resurgir

Estuve caminando por el bosque, saltando sobre las montañas de hojarasca en un precioso otoño infinito.

Al principio casi nunca reparaba en él. De vez en cuando lo veía de lejos, pero casi siempre quedaba hechizada por algunos rayos de sol que cegaban mi vista filtrándose entre los tupidos árboles o algunas flores silvestres, invitándome a absorber su aroma.

El pozo siempre estuvo allí, como un elemento más de aquel paisaje onírico, de aquella escena bucólica en la que me regocijaba sin fin. Como un componente sin protagonismo que solo era parte de una escena en la que quería permanecer por siempre.

Yo me bañaba en el río, caminaba descalza sobre los guijarros húmedos y dormía plácidamente bajo la llovizna en los días nublados.

Hasta que un día correteando entre los arbustos pasé cerca de él y por primera vez lo sentí sombrío a mi costado, pero quise apartar la mirada y seguir disfrutando de mi perfecto mundo...

Sin embargo, algo ya había cambiado.

Cada vez que me dormía bajo los árboles la imagen de aquel pozo venía a mi cabeza.

¿Qué hacía un pozo tan disonante en medio de tanta belleza? ¿Qué hacía allí ese agujero negro? ¿Qué tenía y qué habitaba dentro?

La primera vez que lo pensé fue como si un frío entrara en mis huesos para no irse nunca más.

Intenté volver a disfrutar de aquel paisaje de ensueño, intenté no establecer contacto visual con aquel agujero que estropeaba todo mi mundo, pero ya no podía obviarlo. Y cada vez me llamaba más la atención y me hacía más preguntas.

A partir de ese día empecé a sentirme más débil, ya no corría como antes y cuando lo intentaba me tropezaba y me caía haciéndome profundas heridas en las rodillas. Mi mente no dejaba de pensar en él, estaba cansada y aturdida, no dormía bien y mi cuerpo no respondía.

Tenía la sensación de que el pozo crecía y mi mundo onírico se hacía pequeño a su alrededor... hasta que vi la cuerda.

Aquel pozo tenía una cuerda...

Así que con todas las piernas y los brazos magullados y cansada del insomnio de tantas noches en vela, decidí asomarme al pozo y comenzar a bajar por ella; entonces en esa sombría opacidad mi mente confusa comenzó a entender... y mis ojos cegados por la luz de un sol que nunca existió comenzaron a ver, y cuanto veía más caía y más profundo era, y más oscuro y más débil me sentía.

Estuve a punto de caer a las profundidades de su abismo varias veces, cuando realmente fui consciente de que el agujero del pozo solo era como una lente de un proyector y que la película que se había proyectado era solo una ilusión.

Sin embargo, la realidad era tan oscura que había estado allí siempre, pero solo fui capaz de verla después de una lucha encarnizada de mi subconsciente lúcido con mi confundida niña ingenua.

Bajé tanto en aquel pozo que cuando llegué al fondo mi delgada piel adivinaba mis huesos, mi cuerpo estaba lleno de arañazos y mis años sangraban... aunque mi cabeza estaba más lúcida que nunca.

Cuando la cuerda se rompió ya solo quedaban unos metros bajo mis pies y quedé tumbada allí boca arriba, observando el verdadero mundo en el que había habitado mi cuerpo, pues mi mente había sufrido una alucinación.

Pensé mucho rato por qué había decidido bajar allí, sin saber si sobreviviría o si la cuerda terminaría por romperse. Sobre todo pensé por qué no seguí en mi mundo de mentira y decidí hacer caso omiso a la verdad de aquel oscuro agujero. Pero a pesar de saber que me metía en un lugar desconocido yo decidí ver...

Y justo allí en el fondo de aquel pozo, sin cuerda y sin aliento, donde solo habitaba la lucidez de mi mente, miré alrededor...

Allí, justo allí...

Vi la escalera.

Brea

A veces te siento ya lejos...
Me siento de nuevo dueña de mis emociones,
en paz con todas mis luchas interiores,
ya fuera de tu oscuro magnetismo.
A veces ni siquiera recuerdo tus ojos vacíos,
esos que me han atormentado en mis oscuras noches,
que me han hecho asomarme a todos mis abismos.
De sobra sé que en la tormenta se han de cerrar todas las ventanas,
también todas las puertas,
y creo estar segura que no hay rendija posible
por la que puedas deslizar tu presencia.
Sin embargo, de repente, apareces
como un tsunami en tierra árida y seca
arrasándolo todo a tu paso,
y colándote por todas mis grietas.
Y entonces lo llenas todo de brea,
y esa sustancia espesa se adhiere a mi dolida piel,
a mis manos, a mi boca,
me envuelve entera.
Tanto que siento incluso que se me pegan los pies al asfalto
y que por mucho que quiera correr no puedo,

pues estoy llena de tu pegajosa presencia.
A veces siento que ya no existes,
y el silencio habita dentro de mí,
ya no escucho tu voz en mi cabeza,
ni siento tus hilos levantando mis inanimados brazos.
Vuelvo a ser yo misma,
recupero mi enterrada esencia,
y siento que el sol, vuelve a salir.
Pero de golpe vuelvo a caer al vacío
y esa espesa brea vuelve a llenarlo todo,
me inunda, voy descalza y siento frío
mientras me arrastro por el espeso lodo
buscando una rama que me permita salir,
que me saque de esa viscosa presencia que eres tú.
Me pregunto si algún día podré deshacerme de toda esa oscuridad
con la que has manchado mi luz.

Mantras para sobrevivir al contacto cero

NI EXISTE NI NUNCA EXISTIÓ

A veces, cuando contamos nuestra historia nos vemos rodeados de un halo de incomprensión y de incredulidad. Es como que lo entienden, pero no alcanzan a entenderlo.

Es lógico, pues es muy difícil comprender algo que realmente supera a la ficción. Goethe escribió «Pocos son capaces de imaginar la realidad» y así es. Solo tenemos que pensar qué nos hubiera parecido a nosotros si alguien hubiera intentado explicarnos una vivencia así sin tener idea previa de nada. Cuanto menos, quedaríamos bastante confusos.

Incluso siendo la víctima creo que la clave fundamental para iniciar el proceso de recuperación es precisamente tomar conciencia de una realidad muy difícil de asumir. La persona con TPN que nosotros conocimos no existe y nunca existió, sino que inventó un personaje de ficción para poder atraparnos. Todo fue una farsa, una pantomima, una obra de teatro perfectamente ensayada.

Por desgracia no hay nada que hayamos perdido, puesto que nunca hubo nada, ni siquiera en los comienzos, cuando pensábamos que éramos almas gemelas, cuando no creíamos la suerte que habíamos tenido, cuando vivimos una historia de amor de cuento de hadas. Todo fue algo creado ficticiamente para engancharnos y comprender este hecho es liberador.

Esto es lo primero que yo leí cuando empecé a sospechar, después de haber escuchado la palabra narcisismo de boca de una de mis mejores amigas y os aseguro que sentí un vértigo atroz, pero es una suerte poder asumir cuanto antes esta premisa.

Repetirme este primer mantra una y otra vez cada vez que flaqueaba provocó su muerte inmediata en mi corazón. Otra cosa es librarnos de toda la oscura siembra mental que han labrado poco a poco en nuestra cabeza.

Aun así, a pesar de saber que esa persona nunca existió, la disonancia cognitiva sigue acechándome por momentos y lo echo de menos. ¿A quién? A NADIE, porque esa persona fui yo reflejándome en un espejo, fue una cáscara llena de mí, llena de todas vosotras, de vuestros anhelos, de vuestra forma de sentir, de la música que os gustaba, de vuestras frases favoritas y vuestras muecas, de vuestra forma de reír...

Es muy importante que tengamos esto muy claro pues es la única forma de no volver a ser aspiradas y la única manera también de poder salir airosos de la situación sin tener que pasar o volver a pasar por el terrible descarte que ellos perpetúan una y otra vez sin ningún tipo de piedad y en nuestro peor momento posible.

Si sabemos a lo que nos enfrentamos siempre iremos por delante.

ME ESCOGIÓ PORQUE SOY VALIOSA

Todo el bombardeo amoroso fue increíble. Y lo fue gracias a ti y a mí, y nos escogió precisamente por eso, por tener mucho donde exprimir.

Recuerdo cómo me miraba cuando expresaba emociones. Yo pensaba que era una mirada de amor, pero ahora sé qué se mostraba maravillado ante mi capacidad para sorprenderme, emocionarme, empatizar, proclamarme contra la injusticia o simplemente amar.

Las víctimas que escoge una persona con TPN siempre tienen lo que ellos jamás podrán tener, una fuente inagotable de recursos emocionales, y por eso comienzan con una idealización de nuestra persona, que no amor. Absorben y aprenden todo lo que pueden de ese maravilloso ser que es la persona empática, y luego escupen las sobras, pues les provoca una envidia indescriptible no poder sentir por ellos mismos eso que nosotros tenemos innato.

NO ES AMOR, ES ADICCIÓN

Otra sensación que todas vamos a tener después de saber toda la verdad es sentir que todavía lo amamos. Hay que tener muy claro que NO es exactamente así. Ya no amamos a la persona en sí, porque al saber que no existió realmente el enamoramiento tiende a desaparecer, pero no así la adicción a esas sustancias que la persona con TPN hizo segregar a nuestro cerebro con el sistema te quito y te doy, de abuso y refuerzo. Es decir, las consecuencias del vínculo traumático. Y como en una adicción a cualquier droga, lo que tenemos es el mono puro y duro así que paciencia... Es duro, lo sé. Pero más duro es lo que ya hemos vivido, ¿verdad?

LA PENA MANIPULA

Muchas de las víctimas de los TPN somos Pas o, lo que es lo mismo, personas altamente sensibles, híper empáticas y con espíritu de salvadoras. Este es un perfil muy atractivo para un TPN, una delicia para ellos y una intensa fuente de combustible, ya que representamos un chorro de emociones sin freno.

Podemos cometer, y cometemos en todo el proceso de disonancia cognitiva, el error de sentir que en el fondo estamos ante un niño herido, una persona que ha sido abusada en su infancia más temprana. Incluso podemos tener la sensación si somos nosotras las que terminamos la relación, que les estamos abandonando.

Ellos, que son muy conscientes de este pensamiento, van a utilizar todas sus armas victimistas para que quieras volver y no les abandones, ya que, para ellos, además, supone un agravio que no pueden consentir. Sin embargo te descartarán cuando sea el momento.

Olvidémonos de la pena, aquí solo hay una víctima y eres tú. Puede que él fuera una víctima en su infancia, pero fruto de ella ahora es lo que es y plenamente consciente de sus actos. Quizás podríamos salvarlos si retrocedemos en el tiempo, pero no ahora. Ellos no sienten lástima ni pena de nada de lo que nos han provocado, ni a nosotras ni a las anteriores ni a las posteriores víctimas que se crucen en sus caminos. Es más, probablemente hayan disfrutado mucho de nuestro sufrimiento; por tanto si quieres salvar a alguien, sálvate a ti.

LA MEJOR VENGANZA ES LA INDIFERENCIA

Es muy probable que después de haber descubierto el pastel se nos pase por la cabeza la idea de venganza o al menos que sepan que lo sabemos, que no somos idiotas, que los hemos pillado con el carrito del helado.

No sabéis las miles de maneras en las que yo me imaginé dejarlo en evidencia delante de sus «amigos», descubrirlo delante de la gente, mostrar pruebas, en fin, toda una serie de situaciones que en esos momentos tan dolorosos, me producían placer pensar.

Amigas, no sirve de nada por varias razones. Primera y principal porque ellos siempre sabrán cómo darle la vuelta a la tortilla y hacerte creer incluso que tú eres la culpable, que eres tú la narcisista o la que tiene problemas mentales. Llevan toda la vida haciéndolo, son expertos en la materia .

Segundo, él ya habrá preparado previamente a todo su círculo por si eso ocurre con una bonita campaña de difamación contra ti, incluso mucho antes de que la relación se acabara.

Y tercero y más importante, el trastorno de personalidad narcisista es un trastorno egosintónico, esto quiere decir que ellos no conciben su trastorno como un problema, por lo tanto, no van a reaccionar de ninguna de las maneras como un empático lo haría, no vamos a abrirles los ojos, no van a pedir perdón, al menos no de manera sincera, y tampoco van a buscar ayuda de manera real. Por este motivo los TPN son tan difíciles de diagnosticar. Ellos jamás van a ir a un psicólogo reconociendo su problema, pues si hicieran eso no habría tal problema.

Puede que los diagnostiquen si llegan a estar en la cárcel, o cometen delitos de sangre, o quizás por algún psicólogo experimentado que en alguna otra situación o por algún otro motivo se dé cuenta.

De hecho a los psicólogos no les gusta nada tratar este tipo de trastornos pues les agotan muchísimo, las terapias se estancan y se convierten en intentos de manipulación y confusión por parte del TPN, por ello estos trastornos son tan difíciles de diagnosticar. Para la sociedad, sobre todo para las víctimas que no llegan al fondo de la cuestión son malas personas, maltratadores físicos o psicológicos, *bullers,* abusadores...

Por tanto, hemos de asumir, por mucho que nos cueste, que en el ámbito de la oscuridad en la que se mueven estas mentes psicopáticas son maestros y nunca vamos a ganar, nunca quedaremos por encima de ellos y nunca podremos vengarnos de su despreciable trato.

Duele, ¿verdad? Sí, duele mucho tomar conciencia de que lo único que podemos hacer es retirarnos y que lo único con lo que podemos atacarles es con nuestra indiferencia.

Por suerte o desgracia son personas con una profunda incapacidad para ser felices por lo que no es necesario que hagamos nada, la vida se va a ocupar.

LO SIENTO, NO VA A ECHARTE DE MENOS

Lo más importante para salir de una relación tóxica de maltrato con una personalidad de este tipo es ser muy conscientes de la realidad, por mucho que nos duela, ya que podremos aferrarnos a ella en nuestros momentos de debilidad.

No nos va a echar de menos... lo dejemos nosotras o nos descarten ellos, puede que echen de menos cómo les hacíamos sentir de importantes o todo el combustible que podía sacar de nosotras, pero jamás sentirá nostalgia porque no tienen la capacidad para sentirla. Ojo, que sí para imitarla. Los TPN tienen empatía cognitiva, como ya hemos comentado y esto quiere decir que saben perfectamente cómo son las emociones y lo que provocan en las personas, aunque ellos sean incapaces de experimentarlas.

Son personas trastornadas y nunca van a sentir nada parecido a lo que nosotros sentimos. Intentar comprenderlos es imposible, no podemos puesto que la mente empática funciona de manera totalmente diferente.

Salir de la dinámica y no repetir el patrón

Creo que es muy importante dedicar un espacio a hablar de algo que no se suele hablar cuando tratamos este tema, y es que sucede cuando creemos que ha pasado la tormenta.

Una vez que hemos aplicado el contacto cero y ya llevamos varios meses fuera de ese círculo vicioso, puede que nos sintamos aliviadas, que estemos recuperando y conectando de nuevo con nuestro propio yo. Ese que perdimos poco a poco durante la relación. Hemos conseguido pasar esos primeros momentos de auténtica angustia y creemos que todo ha pasado, pero realmente ahora viene lo más difícil de todo y es lograr salir de la dinámica y no repetir el patrón.

La violencia silenciosa que ejerce el narcisista sobre su víctima resulta en un coctel molotov de química cerebral. Existen dos hormonas fundamentales. Una es el cortisol u hormona del estrés y su antagónica la dopamina, o lo que llaman la heroína del cerebro. Y con este sistema de tira y afloja, de te quito y te doy, de sistema de premio y castigo se segregan ambas intermitentemente.

Cuando te castigan, segregas cortisol y cuando te premian dopamina. En el momento en el que te quitan o acabas con todo eso de golpe, se produce una abstinencia semejante a la que se siente cuando intentas desengancharte de una droga. Ya no hablamos de dependencia emocional sino de adicción. Sabes que esa persona es un monstruo y que jamás quieres volver a tener contacto con ella, pero inconscientemente terminas buscando una personalidad de similares características.

Te has acostumbrado al mal amor, a que te malquieran, a que la felicidad para ti sea recoger las mínimas migajas que te daban y con las que te conformabas.

Por tanto, es importante la terapia psicológica y es crucial tener un periodo de abstinencia emocional, ya que si nos lanzamos demasiado rápido al ruedo lo más probable es que no podamos identificar lo que es un amor sano y sentiremos que tenemos incapacidad para volver a enamorarnos tan solo porque estamos buscando inconscientemente las señales equivocadas.

La bruma

Abrí las puertas traseras de la furgoneta, y como una gran ventana al mar pude ver las barcas de los pescadores yacer en la orilla de aquel decadente y deshabitado paisaje.

La bruma se coló de golpe en mi habitación rodante y humedeció mis sábanas. Eran las ocho de la mañana y la soledad gritaba de ganas de que tu ficticio yo del pasado apareciera entre la niebla.

Pero sabía que no existías, y en un loco intento por recuperarte entre las blancas sombras de la mañana logré entornar mis ojos y evocar tan solo un atisbo de tu extraña sonrisa.

Había hecho demasiados esfuerzos por recordarte en los últimos meses, pero sentía un bloqueo en mi interior tan grande, que tus ojos me parecían inventados, que no recordaba tu cara, ni tu olor, ni tus manos.

Por eso había decidido volver a todos los lugares donde fuimos mentira. Y allí, en aquella cama me esforzaba por recordar lo que ya había olvidado. Me levanté y me hice un café, recordé que tu café era doble carga, con leche vegetal del tiempo y ni siquiera sé si eso fue genuino o si le robaste la idea a alguien del pasado.

Salí con la taza caliente en la mano y comencé a caminar. Era diciembre y hacia el frío justo para sentir el suave invierno de aquella zona costera.

Mientras andaba pensaba en ti como quien piensa en un cuadro estático, intentando hallar alguna pista que me llevara a pensar que dentro de tu cuerpo alguna vez hubo algo llamado verdad. Pensaba en ti como queriendo ponerme en el lugar de aquel que no es capaz de ponerse en el lugar de nadie ni nada.

Era muy consciente ya a estas alturas de con quién había compartido mi vida esos catorce meses, había superado ya la disonancia cognitiva, el miedo, el vínculo traumático, la dependencia, la abstinencia. y me di cuenta que después de eso ya no quedaba nada.

Estaba orgullosa de haber superado uno a uno los obstáculos que había provocado tu destrozo, pero necesitaba ver aquellos lugares en los que yo creí que fuimos alguna vez, para saber si realmente mi cuerpo y mi mente tenían alguna reacción.

En mi largo paseo hacia el Mirador de las Sirenas recordaba nuestras conversaciones y no encontraba rastro de realidad en ellas. Me veía a mí, mirándote como quien mira a un ser especial, casi supremo, con la sensación de haber tenido la suerte de mi lado. Yo hablaba de filosofía y de arte, de fotografía y de viajes, y tú me secundabas en tu intento de mimetizarte conmigo. Y hoy, recorriendo el mismo camino, me doy cuenta que estoy igual de sola que aquel día.

Llego al faro y la niebla se va disipando. Soy incapaz de verte andando a mi lado por los sinuosos caminos de tierra, no estás y sin embargo soy plenamente consciente de mi existencia sin ti, mucho más que antes. Una existencia en tres dimensiones mucho más perfecta, acabada y absoluta. Me doy cuenta de que me acompañaste en todos los atardeceres que yo perseguí, pero que no sentías nada al ver ponerse el sol desde todos aquellos increíbles lugares. Querías sentir a través de mí, pero fui yo quien aportó la belleza a cada paisaje.

Me pongo los AirPods y suena Ludovico Einaudi y siento que al saber que estás vacío de emociones me siento llena de ellas. La piel se me eriza al escuchar *Una matina* y sé que es una de las últimas veces que me compadezco de ti por no saber lo que es amar, lo que es emocionarse o sentir compasión. Aumenta en mí un sentimiento de plenitud al saber que yo tengo cosas que no son tangibles ni pueden explicarse con la ciencia y que mi mente esconde mil matices que tú nunca podrás experimentar.

Miro el mar y crece en mí el deseo de perdonar, pues lo único que he podido sacar de ti son cosas de mí misma. He crecido tanto que en ese momento me siento tan alta como las montañas y sé que voy a ser capaz de hacer lo que sea por mí, que voy a saber amarme mucho más que antes, que la música se oye más intensa desde que no estás.

Mi deseo de perdonar crece y crece dentro de mí, mientras Ludovico hace que entre en éxtasis y todo mi cuerpo vibre de pasión y emoción. Siento que estoy desligándome de tu sombra, y que voy a soltarte por la barandilla de un paisaje de ensueño que jamás volveré a ver a tu lado y que veré al lado de personas en mi misma frecuencia y sintonía. Sé que no volveré a querer creer, sino que creeré. Sé que mi cuerpo y mi mente van a amar mucho más de lo que un día creí amarte.

Se acerca el momento de dejarte ir, aunque dejar ir tu recuerdo no significa dejar ir todo lo que me has hecho aprehender. Cuánto necesitaba estar aquí en el sitio donde pensé que no regresaría sin ti para darme cuenta de que sin ti es mucho más bello.

Las últimas notas de Einaudi me acarician el alma y hago una respiración profunda. Sé que ha llegado el momento de dejar de ver en blanco y negro a través de ti y de volver a acariciar mi mundo de colores. Miro hacia abajo y veo la inmensidad del océano y con el corazón en la mano te perdono, y te suelto...

Tu vaporosa presencia se disipa entre la bruma como si nunca hubiera existido y al llenar los pulmones de aire me lleno de mi nueva yo, y sonrío por primera vez sin que tenga la sensación de que habitas en mí.

Hasta nunca.

A ti

A ti, que no sé si tendrás esto entre las manos algún día, y no sé si te verás reflejado en ello, ni en realidad necesito ya saberlo. Solo quiero decirte que ahora soy muy consciente de que no puede pedírsele flores a alguien que no florece.

Que ni te odio, ni te quiero, ni te entiendo, ni ya necesito salvarte. Que lo único que quiero es que nadie pase por las manos de alguien que la desmerezca, la abuse o la manipule.

Que deseo la libertad para cada mujer y cada hombre sometidos.

Que deseo que hallen cura para la maldad, y que tu fragilidad sea la espada que algún día empuñe otra mujer.

Que no siento lástima por ti, porque nos quedamos demasiado tiempo intentando entender vuestras razones sin entender que nuestra razón es la única que hay que salvaguardar.

Que si hubiera podido ayudarte a cambiar lo hubiera hecho, que solo tiré la toalla cuando supe que no había solución y que estoy orgullosa de todas las cosas que intenté hacer para comprenderte y comprenderme, entre ellas escribir este libro que me hizo libre...

Que mi afán no es la venganza sino el cuidado de la gente que amo y de la gente a la que pueda llegar con mis palabras.

Que la vida es demasiado corta como para vivirla en disonancia y que algunas personas llevan años confundidas y perdidas.

Que un mundo mejor sí es posible para todos aquellos que logren salir de un amor que no es sincero.

Que las sonrisas forzadas provocan lágrimas verdaderas y que nadie debería llorar por amor.

Que si duele no es ahí...

Que hay que seguir teniendo fe en la humanidad, aunque a veces las fuerzas flaqueen.

Que una emoción tiene la fuerza de mil pensamientos y que a pesar de dañarnos, todas nosotras saldremos reforzadas.

Que la niña interior nunca dejó de soñar aun encerrada en la torre, y que las cadenas siempre se terminan rompiendo.

Que cuando la venda se cae de los ojos los colores son muchísimo más intensos.

Que la vida es preciosa cuando hay bondad en el interior.

Que los valientes son los que saben perdonarse.

Que yo soy esa persona que sabe amar, que sabe sentir, que sabe cuidar, que sabe vivir...

Y que me quedo con todas mis sonrisas, y con todas mis lágrimas para recordar la realidad de la emoción que sí que habita en mi interior.

Que me despido de ti con una sonrisa en los labios y que esa sonrisa va dedicada a mí.

Epílogo

Este capítulo surgió un tiempo después de terminar mi relato, porque me di cuenta que conforme pasaba el tiempo nacían en mí sensaciones que necesitaban ser plasmadas. Tenía la impresión de ir quitándome capas de ropa una tras otra e iba descubriendo nuevas formas en las que había sido manipulada o vapuleada y, cuando ya pensé que sentía paz, volvió el dolor.

Soy muy consciente y así os lo he querido explicar de que el *contacto cero* es la única vía de escape a este círculo vicioso, a esta red en la que nos atrapan y de la que cuesta tanto escabullirse, pero a veces aun aplicando *el contacto cero*, y eso implica todo contacto, también en las redes, la mente necesita sanar. Y para sanar ha de ir pasando etapas, y no se puede tener prisa, sino avanzar poco a poco, comprendiendo lo que hemos vivido, asumiendo la realidad, el desengaño, recuperando la fe en la humanidad y eso no pasa de un día para otro.

Cuando el dolor vuelve hemos de dejarlo fluir, es natural. Las heridas pasan por varias fases. Las heridas de mi enfermedad, por ejemplo, todavía hoy siguen doliendo. El frío me recuerda mi pecho herido y también cuando salgo a correr, pero es un dolor de los que simplemente te recuerdan lo que has vivido y a veces un poquito de dolor, sin que sea patológico, rememora una y otra vez lo fuertes que hemos sido.

Cuando pasé por esta segunda oleada de dolor recordé el término *trauma de traición*, y es que quien no ha vivido con una persona así no sabe realmente lo que es la traición. La pena es que una vez que la has visto de frente nunca nada vuelve a ser igual. Tu visión del mundo se abre 360 grados y sientes que lo entiendes todo, y que no entiendes nada.

¿Cómo esa madre pudo abandonar a sus hijos? ¿Cómo dejó sola a su mujer justo cuando se quedó embarazada? ¿Cómo fue capaz de mentir de esa manera y con esa frialdad esa persona ante el tribunal? ¿Cómo pudo ese adolescente cometer semejante acoso escolar hasta lograr que el otro niño se suicidara? Desgraciadamente hay una mala noticia y es que existe la maldad en el mundo, y la maldad, lo perverso, lo retorcido forma parte inherente de nuestro planeta.

Después de saber esto, ya nunca miras las cosas igual y no es cuestión de ser pesimistas, ya que en contraposición puedes ver brillar toda la empatía y la bondad que también existe, puedes ver la luz en las personas mucho más brillante que antes y también podemos sentir nuestra propia luz y estar muy agradecidos por ella.

Recuerdo que cuando todo se precipitó, venía a mi mente una y otra vez, después de saber con quién había estado realmente en aquel idílico lugar, un pasaje de nuestra relación.

Estábamos en un kayak recorriendo la costa de Cabo de Gata. Era un paisaje precioso y abrumador, y por la época, estábamos absolutamente solos en medio de la inmensidad del mar. Yo, que soy bastante miedica por naturaleza, llevaba puesto el chaleco salvavidas desde que habíamos salido de la empedrada playa de las Negras, pero me apetecía mucho bajar a bucear.

Él me miró y con una graciosa mueca me dijo que no fuera ridícula, me quitara el chaleco y bajara a bucear, que era nadador y que si pensaba que iba a dejar que me ahogara. Por supuesto, me lo quité sin pensarlo. Primero porque era lo más lógico si quieres bajar a bucear por muy miedica que seas, y segundo porque él me daba tantísima seguridad que por supuesto pensaba que nada podría ocurrirme jamás a su lado. Para que alguien me hiciera algo a mí primero tenían que matarlo a él, acostumbraba a decir.

Sin más me lancé al mar y, maravillada por la fauna marina, me alejé demasiado del kayak mientras él permanecía quieto observándome. En un momento dado subí a la superficie y con una sonrisa de niña le miré y le sonreí. Todo mi mundo en ese momento estaba allí enfrente, mirándome desde el kayak.

Pues bien, lo que pasó de verdad es que él se dio la vuelta, comenzó a remar y sin más dejó que me ahogara, o eso es lo que venía a mi mente una y otra vez, cómo me miraba incluso mientras me ahogaba sin mover un solo dedo.

Eso es el trauma de traición, el sentimiento de que tu salvador, la persona en la que más confías en el mundo sea el que te dé el empujoncito al vacío, que la persona que dice que para que alguien me haga daño han de matarlo a él, se convierta de golpe en quien quiere hacerme daño y que la persona en la que yo hubiera dejado mi vida sin dudarlo, solo fuera un reflejo en las cristalinas aguas de la costa almeriense.

No hay mayor traición que sentir que quien sentías tu salvador es tu verdugo y el cerebro tarda bastante tiempo en asimilarlo. La disonancia cognitiva aprieta y habrá momentos de desesperación, pero por suerte todo vuelve a su lugar sobre todo cuando la propia mente va entrando en razón. Pero hay mucho que procesar.

A mí me ha ayudado mucho leer y escribir por supuesto, documentarme muchísimo, sin llegar a la obsesión, y descubrir poco a poco el por qué. Una cosa que tenemos los empáticos es que nos gusta demasiado saber el porqué. A veces tanto, que somos capaces de mantenernos ahí solo para hallar explicación a las cosas e incluso saber si hay alguna posibilidad de poder repararlo, pero no, no podemos repararlo. Escuché hace poco que hacer comprender a un narcisista un sentimiento, es como querer hacer reaccionar de dolor pegándole patadas a alguien cuya pierna no es sino una pata de palo.

Pensamos que mostrando cómo nos sentimos, haciéndoles entrar en razón con largas manifestaciones de nuestros miedos, incertidumbres y dudas, ellos comprenderán que lo que hacen es horrible y se arrepentirán porque, ¿cómo no van a arrepentirse?

Nos aferramos a que la maldad es relativa, a que si alguien es malo es porque está roto y si eso es así podemos arreglarlo... pero no es posible.

Lo que sí podemos es gastar toda la energía del universo en ello, y enfermar o agotarnos física y emocionalmente, o mantenernos al lado de una persona que en realidad es peligrosa.

Yo un día me desperté de una larga siesta y por fin sentí que lo comprendía. Después de todo mi peregrinaje, de mi propia experiencia sumada a la de tantas muchas personas conocidas, y no conocidas que habían vivido lo mismo que yo, después de tantas dudas, de tantas preguntas sin respuesta, de tantas noches de insomnio... lo comprendí sin más, porque simplemente mi cerebro llegó por sí mismo a su momento de lucidez.

Y esto es lo que a mí me hizo entrar en el periodo de calma final, en el epílogo de mi viaje de terror que tanto me había enseñado.

Pensé en la maldad como algo inherente a su persona. Su condición lleva intrínseco el hacer daño para sobrevivir y no pueden dejar de hacerlo, ya que de ello depende su subsistencia. No hay nada más ahí dentro, su ser solo está formado de piezas de otras personas, de una mentira necesaria para respirar.

Claro que son conscientes de lo que hacen, pero evidentemente si dejaran de hacerlo no tendrían un trastorno de la personalidad narcisista, ¿verdad?

Tampoco son más inteligentes que la media, aunque nos parezca que sus urdidos planes han de salir de una mente prodigiosa, no son más que trabajadores 24/7 pensando en cómo subsistir, porque para ellos la subsistencia se basa en la necesidad de abusar del otro, se basa en ahogar al de al lado para mantener su ego a flote y salvar su falso yo. No saben existir de otra manera. Y gastan una energía tremenda en pensar cómo seguir respirando. Si tú hubieras dedicado toda tu vida las veinticuatro horas del día a tocar el piano posiblemente fueras un erudito. Eso no te haría más inteligente, pero tocarías mejor las teclas que cualquiera.

Es por eso que es como dar contra una pared para los empáticos, y nuestra insistente inercia de salvar al prójimo, sobre todo si es alguien al que amamos, por encima incluso de salvarnos a nosotros mismos, pero jamás van a aceptar lo que hacen, jamás pedirán perdón de manera genuina y real, jamás buscarán ayuda psicológica verdadera, sencillamente porque si lo hicieran no serían lo que son.

Por tanto, así como Bram Stoker no podía desligar a Drácula de la necesidad de alimentarse de sangre humana porque de ello dependía su existencia, nosotros los seres empáticos no podemos quitarle al psicópata narcisista su maldad inherente, pues sin ella no existen.

Esto no les excusa en absoluto, saben perfectamente lo que hacen para nutrir su falso yo y seguir manteniendo el personaje, pero como buenos ególatras y carentes de empatía, vacíos y sin personalidad propia, hacen lo que tienen que hacer para no hundirse. Y en su distorsión de la realidad, en su falacia de existencia, seleccionan a aquellas víctimas que más combustible pueden ofrecerle, o de las que simplemente pueden sacar más beneficio.

Por tanto, ¿existe la maldad como término absoluto? Yo, después de lo vivido, sé que sí, por supuesto existe y las personas que por desgracia nacen carentes de lo propio que nos hace humanos llevan consigo la maldad como algo profundamente intrínseco en ellos.

Cuando comprendí esto de verdad y dejé de hacer intentos de rescate mentales y de explicaciones lógicas desde la mente del empático, descansé y una paz me envolvió a pesar de lo aterrador de esta verdad.

Por desgracia poco se puede hacer. Pero es de vital importancia entender que sea como sea no se puede revertir su condición, y que lo mejor es retirarse y huir.

Por desgracia son demasiados psicópatas integrados los que adolecen nuestro mundo y por las características propias a su distorsión, son perfectos para determinadas misiones como gobernar, dirigir y liderar. Son muchos los jefes abusadores, los amigos parasitarios, las parejas maltratadoras, los *bullers* que amenazan a nuestros hijos...

No existe un arma más poderosa que la información y la difusión, para que todo el mundo aprenda lo más importante y de dónde parte todo, que es saber identificar las banderas rojas para mantenernos alejados todo lo posible de ellos.

En la mullida arena de una playa artificial dejaste la ropa, los zapatos y la armadura, pensando que era un paraíso natural, maravilloso y hecho justo a tu medida. Después anduviste desnuda mucho tiempo, deambulando entre las rocas, perdida, herida y confundida, sintiéndote torpe y desubicada en ese lugar que antaño fue idílico, tiritando y exhausta de intentos por recuperar ese mundo de los dos, que poco a poco se había convertido en un lugar frío y sombrío. Pero hoy, si has llegado a la verdad, por fin has de dejar de tener frío, tienes todo el abrigo de tu dignidad. Arranca el telón de un zarpazo y sal de ahí. La vida te espera, las heridas sanarán poco a poco, el verdadero paraíso se llama libertad...

ÍNDICE

Este libro se terminó de editar en Granada

en mayo de 2024 por

Aliarediciones

www.aliarediciones.es

info@aliarediciones.es